CE SOIR

C'EST CARNAGE

“Nocturne”
Une collection dirigée par Vincent Mondiot

à Kuz

www.actes-sud-jeunesse.fr

Éditeur : François Martin assisté de Jeanne Dumurgier
Conception graphique : Anne-Laure Exbrayat

ISBN 978-2-330-20563-8
Loi 49-956 du 16 juillet 1949 sur les publications destinées à la jeunesse.

ANTOINE PIETRI

CE SOIR
C'EST CARNAGE

ASJ

1

“J’arrive, je pète tout, qu’est-ce qui se passe”

Mathis relut les quelques mots qu’il venait de taper sur l’écran de son PC. Une moue approbatrice passa sur son visage. Le gros du travail était fait. Maintenant, il suffisait de mettre la main sur une instru, d’écrire le reste des paroles, d’enregistrer, et il tenait son premier son. Il avait bien mérité un joint.

Le lycéen chercha à tâtons sur son bureau la petite boîte métallique où étaient rangés sa boulette de shit, son paquet de tabac et ses feuilles longues, tout en écartant les persiennes d’une main distraite. Il plissa aussitôt les paupières, agressé par la lumière du jour. Malgré le caractère avancé du mois d’octobre, l’été refusait de céder la place à l’automne et un soleil éclatant régnait sans discontinuer. Il était hors de question de laisser cette atmosphère estivale pénétrer sa chambre en ce samedi matin.

Il laissa retomber les lames de plastique dans un claquement sec, et la pièce se retrouva aussitôt baignée dans une pénombre satisfaisante. Le reflet bleuté de l'écran d'ordinateur, seule source de lumière désormais, étirait les ombres des figurines qui jonchaient son bureau.

Il commença à découper consciencieusement un petit rectangle de carton dans la couverture de son cahier de maths pour en confectionner un filtre en réfléchissant à ce qui lui restait à faire aujourd'hui. Finir de lire le livre de Philip K. Dick que Thom lui avait prêté, vérifier la progression de ses téléchargements d'animes, passer au skatepark… peut-être une sieste ? Il y avait aussi une sombre histoire de dissertation de philo – sur quel thème, déjà ? Ah oui, le libre arbitre. Cela lui rappela le match de championnat qui passait le soir même : Barcelone-PSG. Grosse journée en perspective.

Alors qu'il mélangeait la résine de cannabis aux feuilles de tabac sur l'écran de son téléphone, Mathis remarqua une série de notifications. Tout en finalisant son collage avec soin, l'adolescent déverrouilla l'appareil. Une flopée d'applications exigeaient son temps de cerveau avec insistance, mais c'est un message en particulier qui capta son attention. Il avait été posté sur "Ce soir c'est carnage", le groupe WhatsApp qu'il partageait avec Emma et Alex, ses deux meilleurs amis. Ils y échangeaient des vannes sur leurs camarades de classe et des mèmes dénichés sur les réseaux sociaux, et l'utilisaient parfois pour se donner rendez-vous après le lycée. Mais cette fois, c'était différent. Tellement différent qu'il laissa échapper son Zippo, qui roula sous le bureau.

"Bloody Mary. Bloody Mary. Bloody Mary."

À la lecture de ces mots, Mathis sentit son pouls accélérer. Ses mains étaient soudain moites. La stupeur de l'adolescent s'expliquait par une raison simple : ce message faisait partie d'un code secret que les trois amis avaient mis au point quelques années auparavant, à l'époque du collège. Alex avait vu un film d'espionnage où les héros, qui luttaient contre une effroyable (et relativement invraisemblable) conspiration gouvernementale, étaient sur écoute et devaient communiquer *via* des messages codés. Alex, Mathis et Emma étaient tombés d'accord qu'un tel système leur était absolument indispensable. Ils avaient échafaudé un répertoire complet qui couvrait toutes sortes de situations : on devait dire "Cerbère" lorsqu'on était en danger de mort, "Zeugma" pour annuler une mission ou encore "Stratocaster" quand on prenait quelqu'un en filature.

Le code "Bloody Mary" comprenait trois échelons. Un "Bloody Mary" signifiait qu'il y avait un problème ; deux "Bloody Mary" indiquaient un caractère urgent, et trois “Bloody Mary”, eh bien… c’était le niveau d’alerte maximale.

Le système avait été utilisé des dizaines de fois dans les jours consécutifs à son invention – systématiquement pour des prétextes futiles. Il y avait eu un “Cerbère” lorsqu’Alex avait perdu son effaceur, puis un autre quand Emma n’avait obtenu que 16,5 à un contrôle de maths. Mathis envoyait quant à lui “Zeugma” avant chaque cours de natation. Peu de temps après, le code était tombé en désuétude jusqu’à ce que, deux ans plus tard, le groupe reçoive un “Bloody Mary. Bloody Mary” le jour où Sakura, le chat d’Emma, avait disparu. C’était d’ailleurs probablement la seule fois où le système avait été utilisé à bon escient. Depuis, rien. Jusqu’à aujourd’hui.

Mathis récupéra son briquet du bout des doigts, à quatre pattes sur la moquette, et se cogna la tête sur son bureau en se relevant. Il n’y avait pas une minute à perdre.

– Je sors, je vais chez Alex ! lança-t-il à l’intention de ses parents en dévalant les escaliers. Euh, on va bosser sur la dissert de philo ! ajouta-t-il sans trop savoir pourquoi.

Il regretta aussitôt ce mensonge qui n’était pas vraiment nécessaire et auquel, vraisemblablement, personne ne risquait de croire.

À pied, dix minutes à peine séparaient les maisons des deux adolescents : juste le temps de fumer son joint. Depuis l'enfance, ce chemin, il l'avait parcouru des centaines – non, des milliers de fois. En s'engageant dans les petites rues pavillonnaires qu'il connaissait par cœur, Mathis réfléchit aux probabilités que le message soit une mauvaise blague. D'un côté, tout le monde était d'accord sur le fait qu'Alex était globalement un gros con, ce qui tendait à créditer cette hypothèse. Mais justement : est-ce qu'il n'était pas simplement trop bête pour même penser à une plaisanterie de ce genre ? Et, depuis que les trois amis avaient réussi à retrouver Sakura – d'accord, il lui manquait une patte, mais quand même, elle était vivante –, ils s'étaient juré que le code, c'était du sérieux. Il y avait quelque chose d'un peu solennel là-dedans, comme un pacte.

Le temps d'arriver devant la maison d'Alex, Mathis était parvenu à la conclusion que les probabilités que ce soit sérieux étaient d'environ 80 %. Il écrasa son mégot sur le trottoir, enjamba la haie de troènes qui bordait le jardin et poussa la porte du petit pavillon.

– Hello, c'est moi, lança-t-il à la cantonade avant de monter les deux volées de marches qui menaient au grenier.

Alex y avait élu domicile depuis la naissance de son petit frère, comme en attestait la décoration, si tant est qu'on puisse l'appeler ainsi : un banc de musculation, des haltères en pagaille et des posters de 4×4 américains accrochés un peu partout sur les murs. La pièce était très sombre : la lumière du jour n'y pénétrait que par une petite lucarne. Située directement sous les toits, elle était par ailleurs mal isolée et, hormis quelques jours au printemps ou à l'automne, il y faisait toujours trop chaud ou trop froid. Ces petits défauts étaient bien minces comparés à l'atout imparable de l'endroit, qui était qu'aucun adulte, y compris le père d'Alex, n'y pénétrait jamais ; c'était d'ailleurs la raison principale pour laquelle la bande l'avait adopté comme QG.

Quelques secondes à peine après avoir franchi le seuil de la pièce, Mathis perdit brusquement l'équilibre et vit le plancher se rapprocher de son visage à une vitesse alarmante. Il chuta face contre terre.

– Alors, espèce d'énorme connard, c'est toi qui as fait le coup ?

L'adolescent était plaqué au sol, la nuque prise en étau dans une puissante clé de cou.

– Hello frérot, tu peux me lâcher s'te plaît ? parvint-il à articuler, le visage écrasé contre les lattes de parquet.

– Je te lâcherai quand tu auras avoué, trou du cul, répondit Alex.

Mathis tenta de se débattre pour la forme, tout en sachant que c'était peine perdue. Avec son physique de joueur de *Fortnite*, il n'avait aucune chance de se mesurer aux quatre-vingt-dix kilos de muscles de son ami, qui pratiquait trois sports de combat différents depuis l'enfance.

– Bon, Mathis, abrège : dis-le tout de suite si c'est toi qui as envoyé la lettre, on gagnera du temps, lâcha Emma, assise en tailleur dans un coin de la pièce. Et depuis quand tu appelles les gens "frérot" ? Tu as douze ans ou quoi ? ajouta la jeune fille d'un ton blasé.

Mathis sentait sa colonne vertébrale ployer sous le genou d'Alex, qui pesait de tout son poids sur son dos en l'étranglant.

– Graaahh… Ah, Emma, t'es déjà là ? Tu peux dire à Alex qu'il est relou ? C'est quoi cette – aïe – cette histoire de lettre ?

Quelques interminables secondes plus tard, Alex libéra Mathis de son emprise, l'aida à se relever en l'agrippant par le col de son t-shirt et le plaqua violemment contre le mur. Il lui fourra une enveloppe sous le nez.

– Alors enculé, tu m'expliques ? demanda-t-il d'un ton qui relevait davantage de l'ultimatum que de la curiosité.

Mathis reprit son souffle et détailla le rectangle de papier. Ses yeux s'écarquillèrent lorsqu'il lut le nom du destinataire. Il venait de prendre conscience de l'ampleur de la situation.

"Alphonse Guts."

La découverte de ce nom eut l'effet d'un coup de poing dans l'estomac. Au sens figuré, à l'inverse de ceux, très littéraux, qu'Alex menaçait de lui assener à tout moment.

– Mais… comment c'est possible ? Quand est-ce que tu as reçu ça ?

– Ce matin. Le facteur a sonné, en plus ! C'était en recommandé. Tu imagines si mon père avait ouvert, connard ?

– Mec, j'y suis pour rien ! Ça dit quoi ? Tu l'as pas ouverte ?

– C'est ce que je me tue à lui dire depuis tout à l'heure ! Pourquoi est-ce que tu n'as pas simplement ouvert la lettre ? intervint Emma, qui coiffait sa longue tresse noire.

– Ben… j'étais à peu près sûr que c'était ce connard de Mathis qui me faisait une putain de blague. Je voulais lui faire bouffer, moi, son enveloppe.

Au moins, cela répondait à la question que se posait Mathis : si Alphonse Guts recevait du courrier, alors l'emploi du code "Bloody Mary. Bloody Mary. Bloody Mary" se justifiait à 100 %.

L'histoire d'Alphonse Guts avait débuté l'année précédente, au cœur d'un interminable jeudi après-midi d'avril. Les vicissitudes de l'emploi du temps de la classe de seconde B avaient abouti à une situation grotesque : après une session de sport le matin et une pause déjeuner express d'exactement une demi-heure, les élèves étaient contraints d'enchaîner six heures de cours consécutives : physique-chimie, maths, français. Ce jour-là, les deux dernières heures étaient consacrées à un devoir sur table surprise : une explication de texte sur *La Morte amoureuse* de Théophile Gautier. Une torpeur accablante pesait sur la salle de classe.

C'était à cause de ce genre de choses que Mme Decaup, la professeure de français, jouissait dans l'établissement d'une réputation d'infâme perverse. Faire plancher ses élèves dans un tel état d'abrutissement, c'était l'assurance qu'ils se plantent lamentablement. Elle était coutumière du fait, et prenait souvent plaisir à convoquer les élèves les plus faibles au tableau à seule fin de les humilier. Mais ce jour-là, elle avait été trop loin.

– Madame, je peux sortir, s'il vous plaît ?

– Absolument pas, Coline, vous n'aviez qu'à y penser avant. Vous attendrez la fin de l'heure.

– Mais madame, s'il vous plaît ! Je dois vraiment *vraiment* y aller…

– Oh mais vous n'allez pas me la faire, à moi ! Je ne suis pas née de la dernière pluie, je sais très bien comment ça se passe. Ça fait des semaines que les élèves cachent des ressources documentaires dans les toilettes, répondit l'enseignante d'un ton revêche.

– Eh mais c'est n'importe quoi, on savait même pas qu'il y avait une interro aujourd'hui, intervint Mathis. Pourquoi on aurait planqué des antisèches ?

– Écoutez, ce n'est pas la peine d'insister. Personne ne sortira de cette salle avant la fin du cours. Et à la prochaine remarque insolente, je n'hésiterai pas à sévir. Compris ? trancha l'enseignante en rajustant ses lunettes.

Blême, Coline s'était retenue pendant presque vingt minutes, avait supplié de sortir avec des "madame" de plus en plus insistants... et ce qui devait arriver arriva. Dans le silence de la salle de classe, un "plic, plic, plic" se fit soudain entendre. Quelques instants plus tard, quelqu'un cria :

– Oh putain ! Coline, elle s'est pissé dessus !

– Ça pue sa mère en plus ! renchérit une voix au dernier rang.

À cet instant précis, un chaos indescriptible s'empara de la salle. Les faibles tentatives de Mme Decaup pour rétablir le calme furent vaines. Sous un fracas de hurlements déchaînés et de rires goguenards, les portables sortirent des poches pour filmer la scène.

Sans aucune surprise, Coline fut surnommée "la Pisseuse" pour le reste de l'année scolaire. Les vidéos de son avilissement dépassèrent le cadre de la classe, et même du lycée. Elle vécut l'enfer. Élève de nature réservée, elle se referma complètement sur elle-même. En l'espace de quelques mois, elle avait perdu ses rares amis et ses résultats scolaires avaient plongé en chute libre. Le harcèlement avait atteint son point d'orgue le jour où un groupe d'élèves lui avait lancé un préservatif rempli d'urine du haut des escaliers du hall principal. Le lendemain, Coline n'était pas retournée au lycée. Ni le surlendemain. Ni aucun des jours suivants. Personne ne savait ce qu'elle était devenue.

Emma, Mathis et Alex étaient parmi les seuls élèves de l'établissement à ne pas avoir participé activement à la mort sociale de la lycéenne. Dégoûté par l'injustice de la situation, le trio s'était même juré de la venger. Après tout, ce qui lui était arrivé, c'était la faute de Mme Decaup, non ?

Alex avait proposé d'incendier sa voiture ou de lui casser les genoux à coups de barre de fer, Mathis voulait taguer son casier dans la salle des profs ; mais c'est Emma qui avait finalement trouvé l'idée. Elle avait déniché sur un obscur site taïwanais un laxatif expérimental. Le composé chimique était présenté comme ultrapuissant, et faisait l'objet de commentaires dithyrambiques et de nombreuses mises en garde. Mais voilà : le produit était interdit aux mineurs, et le revendeur exigeait une pièce d'identité pour passer la commande. Or, les trois amis ne connaissaient aucun adulte qui aurait accepté de les aider à mener à bien leur plan.

C'est ainsi qu'était né Alphonse Guts, dix-huit ans. Quelques recherches poussées avaient permis de trouver un faussaire sur le dark web. Les trois lycéens s'étaient cotisés pour payer les frais correspondant à une carte d'identité plus vraie que nature, et le tour était joué. Il avait été décidé que la photo d'Alex serait utilisée. Du trio, c'était celui dont le visage était le plus mature, et il avait même réussi à se laisser pousser un peu de barbe pour l'occasion. En ajoutant un filtre vieillissant, l'effet était bluffant. Sur la carte d'identité, Alphonse Guts partageait aussi l'adresse postale d'Alex, où le laxatif avait été livré sous pli discret.

L'opération avait été menée dès le lendemain : pendant que Mathis faisait diversion, Emma avait versé quelques gouttes du produit dans la gourde de Mme Decaup en début de cours. Les effets ne s'étaient pas fait attendre. Après un épisode particulièrement avilissant en plein cours, l'enseignante avait fini la journée barricadée dans les toilettes du lycée, et avait même été arrêtée pendant trois jours. Mathis, Alex et Emma n'avaient pas espéré un succès aussi total. Les trois adolescents ne purent cependant pas endosser le crédit de cette victoire éclatante car la direction du lycée avait fait serment de punir les coupables et avait demandé à tout le personnel de mener l'enquête – heureusement sans succès.

Depuis ce glorieux moment, la carte d'identité avait été utilisée plusieurs fois en fonction des besoins des trois amis. Elle avait permis de commander des feux d'artifice de niveau professionnel, Alex s'était procuré un nunchaku et, dans la grande majorité des cas, elle avait servi à acheter de l'alcool dans les épiceries de la ville. On pouvait dire qu'Alphonse faisait partie intégrante de la bande. Mais il n'avait jamais reçu de courrier. Jusqu'à aujourd'hui.

– Vous êtes absolument certains qu'aucun de vous deux n'a mentionné ce nom à qui que ce soit ? interrogea Emma en levant un sourcil inquisiteur. Alex, je te rappelle que tu as tendance à beaucoup, *beaucoup* parler quand tu es saoul.

Les trois ados étaient regroupés autour de la petite table basse du grenier d'Alex, sur laquelle trônait l'enveloppe qui n'avait toujours pas été ouverte.

– Mais jamais de la vie ! Tu me prends pour un golmon ou quoi ?

– Alors déjà, c'est un terme raciste, et en plus c'est insultant envers les personnes handicapées, rétorqua Emma. Et pour répondre à ta question : oui, un peu. Surtout quand tu es bourré. Et toi Mathis ? Tu n'as parlé d'Alphonse à personne ?

– Mais non ! Moi non plus je suis pas un golmon ! Et je respecte les handicapés, pas comme ce sale raciste d'Alex !

En plus ce con m'a déboîté les cervicales, gémit-il en se massant la nuque.

– Désolé, gros, j'aurais pas dû te secouer avant de discuter. C'était la dernière fois, promis, mentit son ami d'enfance.

– Alors, on l'ouvre cette lettre ? trancha Emma. J'ai comme un mauvais pressentiment…

– Bon, j'y vais, décida Alex. Après tout, c'est moi qui l'ai reçue.

Le lycéen déchira l'enveloppe et fronça les sourcils en prenant connaissance du document. Son visage changea très légèrement sous l'effet de la concentration. Ses lèvres bougeaient toujours un peu lorsqu'il lisait. Soudain, ses amis le virent devenir très pâle.

– Putain de bordel de merde, lâcha-t-il, ainsi que la lettre.

Mathis ramassa le morceau de papier et lut le contenu à haute voix. Il comprit le problème en quelques instants. Le coin supérieur gauche était estampillé d'un drapeau français sous lequel se trouvaient les mentions "République française" et "Liberté, Égalité, Fraternité", puis, juste en dessous, "Commissariat central de Saint-André-sur-Leuze". Au milieu de la lettre, le terme "CONVOCATION" était inscrit en lettres majuscules menaçantes, suivi de quelques mots seulement : *"M. Alphonse Guts, vous êtes prié de bien vouloir vous présenter au commissariat de Saint-André en vue d'une audition libre.*" La lettre était signée de la main du commissaire Bonneau.

En entendant ces mots, Emma émit un long sifflement.

– Putain de bordel de merde, répéta Alex, qui s'était effondré dans le petit canapé, la tête entre ses mains.

Malgré la lucarne ouverte, une atmosphère enfumée régnait dans le grenier. Mathis avait pris la décision de rouler un joint pour s'éclaircir les idées, et Alex était en train de tirer une énorme taffe, espérant y trouver un remède à la crise d'angoisse qu'il traversait depuis la lecture de la lettre. Les résultats étaient pour l'instant mitigés.

– Récapitulons, suggéra Emma d'une voix posée. Aucun de vous deux n'a mentionné le nom d'Alphonse à qui que ce soit, correct ?

– Correct, répondirent ses deux amis en chœur.

– Bien. Moi non plus. Ça laisse plusieurs pistes possibles. Premièrement, un de vous a utilisé la carte d'identité pour acheter en ligne quelque chose d'illégal. Je veux dire, de *vraiment* illégal. Comme des drogues de synthèse, par exemple ?

Elle jeta un regard en coin à Mathis.

– Ben non… on est cons mais on est pas complètement demeurés non plus, plaida ce dernier.

– Ça reste à déterminer. Deuxièmement, c'est peut-être simplement une histoire de droits de douane ?

– Une histoire de quoi ?!

– Lorsqu'on achète des biens ailleurs qu'en France, on doit acquitter certaines taxes sur la marchandise. Peut-être que vous ne l'avez pas fait, et que la police va seulement réclamer quelques euros.

– Énorme ! s'exclama Alex, visiblement soulagé. Comment tu fais pour savoir ce genre de trucs ?

– Ben, c'est une intello…

– Parfaitement, et il n'y a pas de quoi en rougir, contra Emma. J'espère que tu t'en souviendras quand tu viendras me supplier de t'aider avec ta dissertation de philo.

– Eh, mais je disais pas ça méchamment ! C'est super cool d'être une intello ! Moi-même j'aimerais bien être un intello ! T'as pas un bouquin à me recommander ? Pour me lancer, je veux dire ?

La vérité, c'était que Mathis était soulagé de constater que son amie prenait les choses en main. C'était, de loin, la personne la plus intelligente qu'il connaissait. Cela ne se limitait pas aux connaissances théoriques, qu'elle engrangeait avec voracité depuis l'enfance ; elle savait aussi *comment* utiliser ce bagage académique. Le lycéen en était à ce stade de ses réflexions lorsqu'une voix fluette se fit entendre depuis le fond de la pièce, interrompant la conversation des trois lycéens.

– Vous faites quoi ?

– Thom, tu fais chier ! Combien de fois je t'ai dit de pas venir dans ma chambre ? s'étrangla Alex, tentant sans succès de réprimer une violente quinte de toux due à la fumée du joint qu'il essaya précipitamment de camoufler dans son dos.

Son petit frère, de deux ans son cadet, avait le chic pour s'incruster aux pires moments. Il recoiffa les mèches de sa tignasse blonde d'une main et pointa un index accusateur en direction de son frère, l'air bravache :

– Tu crois que je sais pas que vous fumez ? Ça sent le shit jusque dans ma chambre une fois sur deux quand Mathis, il passe à la maison !

– Hello Thom ! Désolé, je savais pas que tu serais là, sinon je t'aurais ramené tes bouquins, mentit Mathis.

– Salut Mathis, t'inquiète.

– Attends, mais déjà, comment tu connais l'odeur du shit ? s'alarma Alex.

– Bah tu crois quoi, j'ai des copains qui fument, rétorqua le collégien crânement. Bon, alors, vous faites quoi ?

– C'est pas une raison. Et t'as pas intérêt à ce que je te chope à fumer quoi que ce soit, morveux ! Dégage, t'as rien à foutre ici !

– Ah ouais ? Tu veux que je balance à papa ce que tu fabriques dans ta chambre ?

– Écoute, Thom, si tu promets de ne rien dire à ton père, tu as le droit de rester avec nous, proposa Emma, conciliante. Mais ne nous dérange pas, d'accord ? On doit gérer des choses sérieuses.

Alex émit un grognement de désespoir : bien qu'insatisfait de cette résolution, il était conscient que l'urgence n'était pas à se lancer dans une énième dispute avec son petit frère. Ce dernier, trop heureux de la concession inespérée qu'il avait obtenue de la part du groupe, se faufila dans un coin de la pièce où il s'assit silencieusement sur un pouf, ne perdant pas une miette de la conversation confidentielle des "grands".

– Bon, si c'est juste une histoire de frais, c'est pas si grave, non ? tenta de se rassurer Alex en essayant de produire un rond de fumée.

– Oui, en effet, dans ce cas tu ne risques pas grand-chose. Mais on ne peut pas en être certains à 100 % avant que tu ne te présentes à la convocation.

– Hein ? Attends, pourquoi j'irais là bas ? C'est pas moi, Alphonse Guts !

– Certes, mais rien ne t'empêche de te faire *passer* pour Alphonse. La police le connaît seulement de nom, et même dans l'hypothèse où ils auraient récupéré une copie de la carte d'identité, ce dont je doute, c'est ta photo qui est dessus.

– Mais moi je pensais plutôt qu'on pourrait… je sais pas moi, laisser pisser ? proposa Alex, soucieux.

– On pourrait, mais la police a ton adresse… et tu as accepté le recommandé. Si c'est sérieux, ils risquent de se présenter ici.

– Eh ouais mon gars, à six heures du mat' ils vont te défoncer ta porte ! En mode grenades lacrymo, flash bang, *Fire in the hole ! Bad boys bad boys, what you gonna do when they come for you*, intervint Mathis, soudain très agité.

Un regard noir de son ami lui fit comprendre qu'il était tout proche d'une nouvelle éruption de violence physique.

– Je veux dire, temporisa-t-il, je pense que tu devrais y aller, quoi. Au commissariat, je veux dire. En plus, au pire, imagine, ils te mettent en GAV : c'est la *classe.*

Alex considéra cette proposition. C'était vrai : une poignée d'élèves du lycée avaient écopé de quelques heures de garde à vue pour de menues dégradations ou pour possession de petites quantités de résine de cannabis. Et chacun d'eux avait obtenu, à la suite de cette brève privation de liberté, une aura de demi-dieu. Le plus étonnant était que cette règle ne souffrait pas d'exception : même Quentin, un ado boutonneux à qui personne ne parlait et qui portait chaque jour de l'année le même pull-over beige, avait atteint un statut social inespéré après avoir été interpellé pour un tag sur le mur du Franprix. Il avait même réussi à sortir avec Émilie pendant quelques semaines.

– Bon, en vrai, ça peut être marrant. Et puis, au pire, qu'est-ce qui peut m'arriver ?

– À mon avis, pas grand-chose, le rassura Emma. Peut-être un rappel à la loi… Ne t'inquiète pas, on va prendre le temps qu'il faudra pour répéter avant que tu y ailles.

– Eh, mais vous n'allez pas être en retard ? Va falloir vous magner, c'est pas la porte à côté…

– Thom, on t'avait pas dit de fermer ta gueule ? éructa Alex. Et qu'est-ce que tu fous avec cette lettre ? Rends-moi ça tout de suite !

– Regardez, là, c'est marqué qu'il faut se présenter au commissariat à treize heures, et la date c'est le samedi 15 octobre. C'est aujourd'hui, non ?

Hébétés, les trois amis regardèrent la lettre officielle que Thom venait de ramasser et qu'il tenait fièrement à bout de bras. Aucun d'entre eux n'avait pris la peine de vérifier la date, mais le collégien avait raison : Alphonse Guts avait exactement treize minutes pour se présenter au commissariat central.

Toutes Les Nouvelles

édition du 15 septembre

Rubrique Économie

Un regain d'activité sans précédent

Enfin, tous les voyants sont au vert ! Après la longue période de marasme économique traversée par notre commune ces dernières années, le rebond tant attendu est bien là. Avec notamment une baisse de quatre points du taux de chômage, une diminution notable du nombre de sans domicile fixe et une hausse conséquente du chiffre d'affaires des entreprises locales, la tendance économique est indiscutable : l'activité repart à Saint-André-sur-Leuze. "*Je voudrais d'abord remercier les habitantes et les habitants de Saint-André*", a déclaré Gérald Savoy, le maire, à l'occasion d'une conférence de presse à l'hôtel de ville. "*Ce sont avant tout eux les acteurs de ce grand succès. Mais gardons-nous de toute fausse modestie : nul ne peut nier que l'action de la municipalité leur a donné toutes les cartes pour y parvenir.*" L'édile est notamment revenu sur l'ouverture du Technocentre, le complexe high-tech flambant neuf du géant industriel américain Titan Corp spécialisé notamment dans des techniques de pointe de biotechnologie et d'intelligence artificielle. L'arrivée de ce centre il y a deux ans est le fruit du jumelage de Saint-André avec la ville américaine d'Arkham, siège de la multinationale américaine, mais aussi et surtout d'une série de mesures fiscales avantageuses décidées par la mairie pour attirer l'implantation d'entreprises étrangères. "*Le Technocentre est un joyau industriel qui symbolise le couronnement de la politique ambitieuse que nous menons depuis plusieurs années, et qui a permis de raviver l'attrait de notre région sur le plan international*", s'est encore félicité Gérald Savoy.

2

Ville de taille moyenne de l'est de la banlieue parisienne, la commune de Saint-André-sur-Leuze était loin d'être une destination touristique, sans pour autant être dépourvue de charme. Si l'on s'aventurait au sommet des tours de la cité des Églantines, on jouissait d'une vue imprenable sur les environs, et on pouvait même, par temps clair, apercevoir la tour Eiffel au loin. Une flânerie le long des berges de la Leuze, où la légende racontait que jusqu'à la fin du XVIIIe siècle les amoureux éconduits venaient mettre un terme à leur spleen en se précipitant dans l'eau noire, suggérait au promeneur un charme mélancolique.

Certains édifices pouvaient même présenter un semblant d'intérêt architectural, comme l'hôtel de ville de style gothique et sa façade de pierres noires depuis lesquelles s'élançaient des tours effilées, dont les gargouilles semblaient surveiller la place attenante. Il y avait aussi l'inquiétant presbytère dont la construction remontait au Moyen Âge et qui était connu pour être le dernier établissement religieux où l'on avait pratiqué des cérémonies d'exorcisme. Oui, il y avait quelques beaux bâtiments à Saint-André.

Le commissariat n'en faisait pas partie.

Jouxtant la gare RER, c'était un empilement anarchique de préfabriqués qui semblaient avoir été posés au hasard et abandonnés par une grue peu consciencieuse. La peinture des façades, kaki à l'origine, avait laissé place sous l'effet du temps à une teinte verdâtre parsemée de coulures légèrement plus foncées. Les caméras de sécurité surplombant le bâtiment et les barreaux métalliques qui rayaient les fenêtres du rez-de-chaussée achevaient de faire passer le message : *Vous n'êtes pas le bienvenu.*

C'est dans ce cadre austère, sur le parking attenant, que Mathis crachait ses poumons, les mains sur les genoux, entre deux voitures de police banalisées.

– C'est maintenant que tu arrives ? J'ai été deux fois plus vite que toi avec Emma sur le porte-bagages, l'invectiva Alex.

– Eh, c'est bon… avec le vélo de Thom… j'avais les genoux… dans le menton… se défendit-il en haletant. En plus Emma elle pèse… pratiquement rien…

– Arrêtez de vous disputer, le temps presse : il va être treize heures. Alex, tu te souviens de ce que je t'ai dit ? Tu parles le moins possible, ils ne peuvent pas t'obliger à quoi que ce soit. Si tu vois que ça dérape, tu arrêtes simplement de leur répondre.

– Ouais, nique la police ! Tu vas les embrouiller, ces fils de pute de condés, nous c'est l'école de la rue, intervint Mathis, qui semblait soudain avoir retrouvé son souffle.

Alex et Emma échangèrent un regard et décidèrent d'ignorer les turpitudes de leur ami.

– Bon, c'est compris : en cas de problème, je garde le silence. Merci Emma, conclut Alex.

– Bon courage, Alphonse !

– Hein ? Ah, euh… ouais. C'est vrai. T'as raison.

Avant d'entrer dans le commissariat, Alex remarqua une nuée de volatiles aux cous longilignes qui glissaient en silence dans le ciel automnal. Ils volaient de concert, selon une formation en V. Probablement des oiseaux migrateurs. Canards ? Oies ? Personne ne lui avait appris à reconnaître les espèces. Il pensa aux animaux dont l'instinct les pousse à fuir quelques heures avant une catastrophe. Il prit une longue inspiration et pénétra dans le commissariat.

– C'est pour un vol de portable ? Vous avez un formulaire dans la bannette, vous remplissez, vous signez et vous déposez là, l'informa un agent de police à l'accueil sans lever les yeux de son écran. Faut pas oublier de signer.

Alex hésita un moment. *Fuis. Fuis. Il est encore temps. Fuis.* Il considéra cette option. Fuir, et après, quoi ? Passer pour un guignol auprès de ses amis ? Décidant d'ignorer le désagréable frisson qui remonta son épine dorsale, il annonça, d'un ton qui se voulait assuré :

– Je suis là pour voir le commissaire Bonneau. Je m'appelle Alphonse Guts.

Le policier leva les yeux vers lui, une lueur étrange dans le regard.

– Ah ? Vous êtes venu ?

Le lycéen fut aussitôt conduit au bureau du commissaire, au premier étage du bâtiment. L'endroit ne pouvait être décrit que comme un insondable foutoir. Le sol était jonché de piles de dossiers multicolores. Dans un coin, deux casiers métalliques aux tiroirs ouverts dégueulant des liasses de papiers. Trônant au centre de la pièce, le bureau était si encombré de classeurs, de carnets et de tasses de café sales qu'on apercevait à peine le haut de l'écran d'un ordinateur fatigué.

– Ah ! Monsieur Guts ! Merci beaucoup d'avoir pu vous rendre disponible. Asseyez-vous, asseyez-vous, n'ayez pas peur ! Je vous fais un petit café ?

Le commissaire de police déambulait dans le capharnaüm ambiant, naviguant avec agilité entre les monceaux de papiers en équilibre précaire. C'était un homme malingre habillé en civil, portant de petites lunettes rondes. Il exhuma un paquet de café moulu de derrière un carton rempli de fiches cartonnées et l'agita en direction d'Alex, qui avait pris place sur un petit tabouret métallique.

– Euh… non merci.

– Ah, vous ne buvez pas de café ? Bon. Chacun fait ce qu'il veut. Écoutez, ne m'en voulez pas, moi je m'en fais un, s'excusa-t-il en préparant un filtre. Dites donc, vous êtes un costaud, vous ! Vous allez à la salle, non ? l'apostropha-t-il avec un sourire engageant.

– Je… oui, des fois. Enfin, assez régulièrement, quoi. Souvent.

– Bon, c'est bien, c'est bien. Il faut s'entretenir. J'aurais bien besoin de gens comme vous ! Moi, mes gars, leur truc c'est plutôt l'apéro, vous voyez. Et puis, le sport, bon… je n'aime pas trop dire du mal d'eux, mais quand ils coupent un bout de saucisson, j'ai toujours peur que ce soit le saucisson qui gagne ! D'ailleurs, vous ne prenez pas de café, mais vous n'avez rien contre l'apéro, si ?

– Euh, non…

– Bon, bon, très bien. Parce que vous savez, je dis ça en plaisantant à moitié, mais on recrute, hein ! Ça ne vous intéresserait pas, de travailler dans la police ? Il y a du contact, mais vous n'êtes pas du genre à avoir peur de la bagarre, non ?

– Ben… je sais pas trop…

Le cœur d'Alex battait à cent à l'heure. Il s'était imaginé un interrogatoire musclé, dans une salle sombre avec miroir sans tain, comme dans les films. Et il était tombé sur… un flic sympa ? Ça existait, ça ? Où était le *bad cop* ?

– Oh, vous avez le temps d'y réfléchir ! Vous êtes encore jeune non, monsieur… Guts ? C'est drôle, ce nom, d'ailleurs, ça vient d'où ?

Le policier continuait à arpenter le bureau, entrant et sortant du champ de vision d'Alex. Ce dernier s'aperçut soudain que la porte de la pièce était fermée. L'atmosphère encombrée lui paraissait de plus en plus étouffante, et un vague sentiment de claustrophobie s'empara de lui. Il aurait voulu être ailleurs. *Vite.*

– C'est… ma famille est d'origine allemande, répondit nerveusement le lycéen.

Putain, pourquoi j'ai dit ça ?

La vérité était que Mathis avait choisi le nom d'Alphonse Guts en combinant deux de ses personnages de manga préférés. S'il avait su qu'il devrait s'en justifier devant un commissaire de police, Alex aurait milité pour quelque chose de plus classique.

– *Ach ! Deutschland ! Sehr Gut !* Magnifique pays, l'Allemagne ! À part pour la cuisine, bien sûr… Les saucisses, ça va bien cinq minutes. Enfin, ce n'est que mon avis. Et les avis, tout le monde en a un !

Le commissaire poursuivait son sketch en préparant son café. Malgré ses efforts apparents pour paraître amical, quelque chose d'indéfinissable dans son attitude mettait le lycéen mal à l'aise. Ses sens étaient en alerte. Il se rappela soudain les recommandations d'Emma : en dire le moins possible. Il regrettait d'avoir tiré sur le joint de Mathis.

– Excusez-moi, mais… pourquoi est-ce que vous m'avez convoqué ?

– Ah oui, bien sûr, bien sûr… excusez-moi, monsieur Guts, je ne veux pas vous faire perdre votre temps. Simplement quelques petites choses à clarifier.

Le commissaire Bonneau se laissa tomber dans le fauteuil en face d'Alex et, soudainement silencieux, plongea son regard dans le sien.

– Est-ce que vous vous souvenez de ce que vous avez fait, samedi 1er octobre au soir ?

– Il y a deux semaines ? Euh, attendez, je ne sais plus…

– Ce n'est pas grave, monsieur Guts. Je dispose de certains éléments qui devraient vous rafraîchir la mémoire. À 21 h 48, M. Shadan, le gérant de l'Épicerie Générale de la rue des Crêtes, a vendu une bouteille de vodka de marque Poliakov, un pack de vingt-quatre bières de marque Grimbergen et un paquet de chips goût barbecue format familial à un certain Alphonse Guts. Nous disposons de cette information car il a demandé la pièce d'identité de son client, qu'il soupçonnait d'être mineur. Comme il craignait d'avoir affaire à une contrefaçon, il a eu la présence d'esprit d'en faire une photocopie, que voici.

La voix du policier avait changé. Il énonçait les faits d'un ton monocorde, toisant Alex avec dureté. Plongeant la main dans un monceau de papiers sans détourner le regard du visage d'Alex un seul instant, le commissaire en tira un document qu'il déposa sur le bureau.

– Euh…

– Comme vous pouvez le constater vous-même, M. Shadan avait vu juste : un enfant de cinq ans verrait que c'est un faux grossier.

Putain. Ça y était. Alex sentit le sol se dérober sous lui. Le piège était déjà en train de se refermer. L'épicerie… ils auraient dû y penser. Il tenta de se remémorer les événements : l'épicier avait dû faire la photocopie en douce pendant qu'il composait son code de carte bancaire…

– Mais poursuivons : la caméra de surveillance de la rue des Crêtes, celle du distributeur de la Société Générale et celle du rond-point des Quatre-Arbres nous permettent de retracer les déplacements de M. Alphonse Guts et de deux autres individus jusqu'au 162, rue Alphonse-Daudet. C'est-à-dire à la Marbrerie.

À ce nom, le sentiment de chute libre d'Alex s'intensifia. La Marbrerie était une ancienne usine désaffectée où il allait régulièrement tuer le temps avec ses amis. C'était d'ailleurs précisément ce qu'il avait fait deux semaines auparavant, après avoir acheté de quoi faire la fête à l'Épicerie Générale. *Fuir. Fuir. Fuir.* Trop tard. Il sentit ses mains devenir moites au fond des poches de son jean.

– À cet endroit, les enquêteurs ont découvert, entre autres, une bouteille de Poliakov et onze bouteilles de Grimbergen vides. C'était le 3 octobre au matin.

Le commissaire Bonneau marqua une pause. Pendant quelques brefs instants, Alex s'autorisa à espérer. *Peut-être qu'il va juste m'engueuler pour la fausse carte et les cadavres de bières ?*

– Ce n'est pas la seule chose que l'enquête a révélée à la Marbrerie, reprit le policier d'un ton austère.

Toujours sans lâcher le lycéen du regard, il ouvrit un tiroir de son bureau et plaça devant lui quatre tirages photos. *Comment est-ce qu'il fait pour trouver aussi facilement ce qu'il cherche dans cet immense bordel ?* se demanda Alex en baissant les yeux sur les clichés.

D'abord, l'incompréhension. L'adolescent ne parvint pas tout de suite à interpréter ce qu'il regardait. À déchiffrer les images. Puis, le choc. Et, immédiatement, une onde de dégoût. Brutale. Instinctive. Incontrôlable. Un puissant haut-le-cœur envahit Alex, qu'il dût réprimer avec force pour ne pas vomir immédiatement son petit-déjeuner sur le bureau.

Il entendait toujours dans un coin de sa tête la voix du commissaire, mais elle semblait lui parvenir de très loin, comme à travers une épaisse brume de coton. Les mots, dans son cerveau, paraissaient vidés de leur substance, réduits à l'état de sons, de syllabes dépourvues de sens. Des échos, des bribes telles que "homicide", "préméditation", "actes de barbarie"... qu'est-ce que cela signifiait ? Tout cela était loin de lui, très loin. N'existait plus qu'une gigantesque boule d'angoisse qui lui creusait l'estomac. Il ne pouvait pas détourner les yeux des photos.

– Ça fait combien de temps qu'il est là-dedans ? s'enquit Mathis.

– Trop longtemps à mon goût, répondit Emma. J'ai un mauvais pressentiment, annonça-t-elle pour la deuxième fois de la journée.

– Tu penses qu'il y a un problème ?

– Non, je *sens* qu'il y a un problème. Viens, il faut qu'on le sorte de là, décida-t-elle en se levant de la borne en béton sur laquelle elle était assise.

– Euh... pardon ? Tu veux qu'on fasse quoi là ? J'ai pas compris...

Emma ne l'écoutait plus, elle marchait à grandes enjambées en regardant en l'air. Le commissariat donnait d'un côté sur le parking, avec l'entrée des visiteurs, et de l'autre, sur une étroite rue piétonne bordée d'une série d'arceaux à vélos et de plusieurs bacs à poubelles pleins à ras bord.

L'adolescente s'était engagée dans cette ruelle sombre et examinait la façade arrière du bâtiment, percée d'une rangée de fenêtres.

– Quand il est entré, on est d'accord qu'on l'a vu monter les escaliers ? demanda-t-elle.

– Euh, je crois oui, enfin je sais pas trop…

– Bien, répondit-elle sans prêter la moindre attention à la réponse de son ami. Cette fenêtre est grillagée, celle-là aussi. Probablement des cellules : on oublie. Dans celle-là, la lumière est éteinte. Donc le bureau du commissaire est soit ici, soit là, soit là.

L'adolescente continuait à analyser la scène, concentrée.

– Ouais, carrément, approuva Mathis.

– Ça me paraît très invraisemblable qu'un commissaire de police accepte que la fenêtre de son bureau donne directement sur un tas de poubelles. En été, l'odeur doit être insoutenable. Ça signifie que, par élimination, Bonneau est en train d'interroger Alex ici, conclut Emma en pointant du doigt une fenêtre du premier étage.

– Ah ouais, à fond ! Mais, genre, t'es sûre ?

– Non. Mais je n'ai pas mieux pour le moment. Mathis, je vais avoir besoin que tu fasses diversion, annonça Emma sans quitter des yeux la façade.

– Hein ?

– J'ai juste besoin que tu attires leur attention sur le parking. Trouve quelque chose, n'importe quoi. Ça ne devrait pas te poser de problème, non ? Tu ne disais pas tout à l'heure que tu avais fait l'école de la rue ? demanda-t-elle en sortant son téléphone portable.

– Bon, bon, ça va, j'ai compris, consentit Mathis.

Il étudia les options qui s'offraient à lui, et se rappela la vieille bombe de peinture dans son sac. En se dirigeant vers le parking, il entendit la voix d'Emma qui téléphonait derrière lui :

– Bonjour, je suis la directrice de cabinet de M. le maire. Passez-moi le commissaire Bonneau : sa présence est requise de toute urgence à l'hôtel de ville… Oui, c'est une affaire particulièrement délicate.

Deux minutes plus tard, Mathis poussait la porte du commissariat.

– Eh, monsieur, je viens signaler une dégradation !

Le policier à l'accueil leva un sourcil interrogateur.

– Mais qu'est-ce qu'ils ont tous aujourd'hui ? C'est quoi encore cette histoire ?

– Bah, venez voir si vous me croyez pas, il y a un individu, il a tagué les voitures juste là dehors !

– Les voitures ? Quelles voitures ? *Nos* voitures ?! Putain mais putain de merde ! Diego, viens voir, aboya le préposé en bondissant de derrière son bureau et en se précipitant dehors, où deux citadines et un fourgon siglés de la police étaient souillés de larges lettres vertes dégoulinantes.

– Wah, c'est chaud, ils vous ont fait du sale, les individus, s'exclama Mathis en admirant la situation. Mais par contre, ça veut dire quoi "ACAB" ? C'est genre un groupe, vous pensez ?

Les deux policiers fulminaient en constatant les dégâts.

– Ils ne doivent pas être loin, on va s'équiper avec Philippe, pendant ce temps-là tu regardes les vidéos de surveillance et tu nous envoies le signalement, ordonna Diego à son collègue.

– Eh ! Mais vous avez vu ? En plus ils vous ont dessiné une bite sur le mur du comico, là ! Les individus, je veux dire. Bon, ben du coup, moi je vais y aller, proposa Mathis en attrapant le guidon de son vélo.

– Attends, attends, va pas trop loin, toi, intervint le policier de l'accueil, soudain suspicieux.

À cet instant précis, la porte du commissariat s'ouvrit avec fracas. Un homme surgit, quittant précipitamment les lieux.

– Les gars, je dois aller voir Savoy en urgence, lâcha-t-il en terminant d'enfiler son pardessus. Il faut impérativement que vous gardiez un œil sur… attendez, qu'est-ce que c'est que ce bordel ?

Il s'arrêta net et analysa la scène autour de lui. Derrière ses petites lunettes rondes, son regard croisa un instant celui de Mathis, et ce dernier eut la désagréable impression que le policier avait compris les tenants et les aboutissants de la situation en l'espace de quelques secondes. Comme un déclic.

– Bon, j'ai pas le temps, vous me gérez ça, conclut-il en prenant place dans une voiture banalisée avant de démarrer en trombe.

Profitant de la confusion, Mathis avait fait le tour des préfabriqués en poussant sa bicyclette. Il retrouva Emma qui avait ramassé une poignée de gravillons qu'elle lançait en direction de la fenêtre.

– Attends, je vais t'aider, proposa-t-il en ramassant une canette vide et en la projetant de toutes ses forces sur le carreau.

Quelques instants plus tard, le visage d'Alex apparut dans l'encadrure.

– Putain, c'est vous ? Vous êtes cons ou quoi, vous avez failli péter la vitre…

– Pas le temps de discuter, descends !

– Hein ?

– Descends, je te dis, magne-toi !

– OK, OK, j'arrive ! Deux secondes…

Alex s'absenta quelques instants avant de réapparaître. Il ouvrit la fenêtre et se suspendit à la rambarde avant de se laisser tomber au sol et de se rétablir souplement. Mathis le dévisagea.

– Wah, ça va mec ? T'as vu un fantôme ?
– Je… non… je vous expliquerai… bon, on se casse ?

Une demi-heure plus tard, Alex terminait de raconter à ses deux amis l'interrogatoire qu'il avait subi. Les trois lycéens avaient foncé en direction du bois et s'étaient arrêtés dans une clairière, près de l'ancienne station météorologique. Le site n'était accessible que par un étroit chemin de terre battue où une voiture n'aurait pas pu passer : même si la police les cherchait, il y avait peu de chances qu'on les trouve ici.

Autour d'eux, la forêt avait pris les couleurs de l'automne. Le feuillage des frênes offrait aux regards une teinte cramoisie et les châtaigniers s'étaient ornés des premières bogues de la saison. Au bord du petit bassin qui jouxtait la station, un monceau de canettes de bière vides, abandonnées par des générations d'adolescents successives, atténuait le côté bucolique de la scène.

Tout était calme. Pourtant, l'atmosphère paisible du lieu tranchait avec la tension du groupe. Celui-ci avait traversé une brève éruption d'euphorie ("On leur a niqué leurs mères à ces fils de putes", avait analysé Mathis, suscitant un regard désapprobateur d'Emma), mais la satisfaction d'avoir réussi cette évasion express s'était dissipée au fur et à mesure du récit d'Alex. Il avait expliqué en détail le piège dans lequel le commissaire l'avait attiré. Les visages reflétaient maintenant l'inquiétude.

– Mais tu penses vraiment qu'ils te soupçonnent de meurtre ? demanda Mathis, sous le choc.

– Ben, je sais pas, mais en tout cas on était au mauvais endroit au mauvais moment… et en plus, c'est pas n'importe quel meurtre. Attendez, vous allez voir, expliqua Alex.

Il releva son t-shirt aux motifs de camouflage militaire et en extirpa les quatre photos qu'il avait eu la présence d'esprit de dérober juste avant de s'enfuir. Il les déposa délicatement dans l'herbe à côté des vélos.

– En fait, quand je les ai vues tout à l'heure, ça m'a fait penser à la boucherie de mon père, expliqua-t-il tandis que ses deux amis s'accroupissaient pour étudier les clichés. Quand le camion frigorifique arrive, et que les gars, ils déchargent les carcasses.

Chacun se tut.

C'était vrai qu'on aurait dit des morceaux de viande fraîchement sortis de chez l'équarrisseur. Mais non, en y regardant de plus près, ce n'était pas de la charogne. C'était humain. Bien humain. Les corps, ce qu'il en restait, étaient empilés là, à même le sol. Il y en avait au moins cinq. Peut-être plus. C'était difficile à dire. Il ne restait que les troncs : les membres, *tous les membres*, avaient été sectionnés. C'était coupé aux jointures, en haut, au niveau de l'épaule, et en bas à l'aine. C'était là que pendaient les lambeaux de peau. Des plaies béantes s'ouvraient là où auraient dû se connecter les jambes et les bras, comme de grandes bouches dont on aurait cassé toutes les dents. Au cœur de cette bouillie de viande hachée, on voyait parfois percer l'extrémité pointue d'un bâton jaunâtre. C'était l'os. Il avait cassé net.

Les corps étaient de sexe masculin, tous : les photos ne cachaient pas ça non plus. Ces membres-là n'avaient pas été coupés. On les voyait, des petits paquets recroquevillés qui ajoutaient au grotesque de la scène. À l'autre extrémité, les têtes, ce qui aurait dû être des têtes, étaient éclatées, réduites en une bouillie informe. Comme ce qui sort du hachoir à viande : de la pâte rouge parsemée d'éclats plus pâles. Sous la lumière crue des flashs des appareils photos de la police judiciaire, les peaux étaient blafardes. Presque blanches.

La manière dont les clichés étaient pris, le regard froid et méthodique de la composition, ajoutait une certaine forme d'obscénité, privant ces corps de l'intimité qui leur était due. Tout était là, sur le sol de béton nu de la Marbrerie. Un lieu que Mathis ne connaissait que trop bien, et dont il identifiait, en arrière-plan, le décor.

Dans le sous-bois avoisinant, une légère brise passa entre les chênes, faisant bruisser le feuillage. Mathis prit conscience, peut-être parce que son corps refroidissait après l'effort et la montée d'adrénaline ou peut-être parce que l'automne finissait par arriver, que la température avait chuté.

Emma, la première, rompit le silence, le regard toujours braqué sur les photos.

– Il va falloir qu'on retourne là-bas.

– Comme nous l'avons vu, le fordisme est un modèle d'organisation d'entreprise qui a été mis en place par le génie industriel Henry Ford, le fondateur de la marque automobile du même nom, n'est-ce pas. Apparu au début du XXe siècle, le fordisme est caractéristique de la révolution industrielle. C'est l'une des inventions qui ont fait basculer nos sociétés d'un modèle artisanal vers le modèle économique que nous connaissons aujourd'hui et qui domine dans l'ère moderne, n'est-ce pas.

Était-ce le timbre monocorde de sa voix ? La façon dont il construisait ses phrases ? Ou encore son usage obsessionnel de la locution "n'est-ce pas" ? Toujours était-il que quelque chose d'indéfinissable dans la façon de parler de M. Poirier suscitait chez son auditoire une irrépressible somnolence – d'autant plus que son cours tombait le lundi matin à la première heure. En conséquence, les rangées du fond étaient chères dans la salle de cours d'histoire. Emma avait pour habitude d'arriver en avance et de réserver deux places pour Alex et Mathis qui en profitaient traditionnellement pour récupérer le sommeil dont ils avaient manqué pendant le week-end. Mais aujourd'hui, les trois lycéens étaient bien réveillés.

– Alors, on est d'accord ? On se retrouve ce soir après les cours ?

– Pour la millième fois, Emma, je te répète que c'est de la folie ! On ne *peut pas* aller à la Marbrerie ! C'est une putain de scène de crime !

– Justement. C'est notre meilleure piste pour trouver des indices, comprendre ce qui s'est vraiment passé et innocenter Alphonse Guts. Je pense que le commissaire n'a pas tout dit à Alex.

– Et on fait quoi si la police nous attend là-bas ?

– On va faire le nécessaire pour s'assurer que ce n'est pas le cas. Tu as vu leurs effectifs ? Ils ne sont pas assez nombreux pour surveiller la zone vingt-quatre heures sur vingt-quatre.

– Mais ça reste hyper risqué ! Je te rappelle qu'Alex est recherché par la police !

– C'est Alphonse qui est recherché par la police, pas Alex. Nuance. Et je te propose de parler moins fort quand tu dis ce genre de choses, Mathis.

– Euh, ouais… déso, Alex…

Affalé sur son bureau, ce dernier se contenta d'émettre un grognement en rabattant la capuche de son sweat sur sa tête. Alex n'avait pas passé un bon week-end. Même s'il ne l'aurait jamais admis auprès des autres, la confrontation au commissariat l'avait profondément ébranlé. Il s'en voulait de s'être laissé manipuler par les simagrées du commissaire. Le lycéen repassait en boucle dans sa tête la séquence de l'interrogatoire, en imaginant ce qu'il aurait pu, ou dû, répondre. Il se trouvait idiot. Par-dessus le marché, il avait l'impression désagréable qu'Emma, et surtout Mathis, prenaient toute cette situation avec une bonne dose de désinvolture. Qu'ils voulaient jouer aux détectives, ou aux aventuriers.

Pour lui, c'était différent. C'était lui qui avait dû soutenir le regard du commissaire. C'était sa photo qui figurait dans le dossier de la police judiciaire. C'était à son adresse, à la porte de sa maison, que la police viendrait sonner tôt ou tard pour demander où était Alphonse Guts. Ce coup de sonnette, il avait passé les deux derniers jours à l'attendre. Il avait cogité pendant des heures en se demandant ce qu'il ferait lorsque cela arriverait. Prendre la fuite ? Oui, mais alors, qui ouvrirait la porte ? Thom ? Qu'est-ce qu'il penserait s'il apprenait que son frère était soupçonné de meurtre ? Ou pire : si c'était son père qui se trouvait nez à nez avec la police ? Que se passerait-il s'il avait un coup de sang ? Il imaginait les pires scénarios. La lumière des gyrophares à travers la fenêtre de la cuisine. Des taches d'hémoglobine sur le papier peint de la maison. Son petit frère pris en charge par les services sociaux, placé en famille d'accueil...

Alors non, ses amis ne comprenaient pas. Ça n'avait d'ailleurs rien d'étonnant : ils ne *pouvaient* pas comprendre. Même si sur le papier leurs vies pouvaient paraître très semblables, l'existence d'Alex était profondément différente de celles des deux autres. Ça se voyait déjà avec cette histoire d'"expérience professionnelle obligatoire" que le lycée Guy-de-Maupassant avait mise en place pour l'année de terminale : trois jours par semaine en entreprise pendant un semestre. Emma avait décroché un stage dans un labo de recherche au Technocentre, Mathis dans un journal local, et lui, il s'était retrouvé commis dans la boucherie de son père... Le seul job auquel il pouvait prétendre, au fond. Et il le savait : ça ne ferait qu'empirer après le bac. Ses amis quitteraient Saint-André, partiraient ailleurs faire des études supérieures. Alex, lui, resterait ici. Pour lui, ça serait la boucherie. Pour le reste de sa vie. Et, probablement, quand ses potes seraient partis, le bistro PMU, avec les poivrots du coin. Non, la vie n'était pas la même pour les gens comme Emma et Mathis, les intellos, et pour les gens comme lui, le fils du boucher. Il ne leur en voulait même pas. C'était comme ça. Il le savait. C'était peut-être la seule chose qu'il comprenait mieux qu'Emma.

Il fut extirpé de son monologue intérieur lorsque M. Poirier interrompit brusquement la conversation de Mathis et Emma.

– Mademoiselle Sistare, ici ce n'est pas le dernier salon où l'on cause. Je vous conseille de ne pas vous endormir sur vos lauriers : si vous bavardez en cours, vos brillants résultats risquent bien de s'effondrer, n'est-ce pas. Pourriez-vous avoir l'amabilité de répéter ce que je viens de dire ?

Prise au dépourvu par la remarque de son professeur, Emma sentit ses joues s'empourprer.

– Vous expliquiez que le fordisme était l'héritier du taylorisme et qu'il reposait sur la division verticale du travail, l'apparition de la ligne de montage et la standardisation.

– Mmh, oui, c'est vrai… et les bénéfices de cette standardisation sont… ?

– Ford pouvait produire ses voitures en grande série et donc faire baisser les coûts. On pouvait aussi les réparer plus facilement puisque les pièces détachées étaient interchangeables.

– En effet, c'est l'une des raisons de son succès. Ce n'est pas la seule, bien sûr : Henry Ford était un grand homme, un visionnaire qui a changé le cours de l'histoire, n'est-ce pas…

Vexée d'avoir été reprise par son professeur, Emma ne put s'empêcher de rebondir :

– Oui, enfin si on veut : il a soutenu Adolf Hitler, non ? Faire de l'argent avec la division du travail et la standardisation des pièces détachées, c'était bien pratique pour financer le régime nazi…

– Euh, cette partie de la vie d'Henry Ford a été très exagérée… d'ailleurs, les faits qui lui sont reprochés sont peu documentés, n'est-ce pas… Les historiens sont divisés et…

– Eh mais Emma elle a raison ! C'était un énorme facho, le mec, même il a reçu une médaille des nazis ! s'exclama Matthieu avec deux *t*, au premier rang.

Il brandissait, pour appuyer ses dires, son portable, sur lequel il avait trouvé une photo en noir et blanc de l'industriel américain. Un brouhaha s'installa rapidement dans la salle de classe, où les élèves s'échangeaient des informations glanées sur Wikipédia.

Pendant que M. Poirier tentait de reprendre le contrôle de son cours d'histoire, Emma, Alex et Mathis purent terminer de mettre au point les détails de l'expédition. Après une ultime tentative de ce dernier pour raisonner son amie sur les risques de l'opération, il finit par capituler.

– C'est bon, tu as gagné, Emma, on va y aller. On se retrouve directement là-bas ce soir, OK ?

– D'accord. Alex, ça te va ?

– Mmmh, comme vous voulez, marmonna l'adolescent.

Toutes Les Nouvelles

édition du 8 octobre

Rubrique Petites Annonces

Chien perdu

Cherche mon chien Bakou, perdu en lisière du bois de la Mare-aux-Biches. Huit ans, 10 kilos environ. Border collie noir et blanc avec une tache sur l'œil gauche, répond à son nom. Porte un bandana rouge. Me contacter directement sur mon mobile. Récompense.

3

La zone industrielle de Saint-André était l'un des derniers vestiges du passé ouvrier de la ville. Dès le début du XXe siècle, de nombreuses usines s'étaient implantées ici, abritant des activités allant de la métallurgie à la fabrication de porcelaine en passant par l'extraction de gypse ou encore la distillerie. Jusque dans les années 1980, la commune avait été un important bassin d'emploi pour les travailleurs de la région. Cette activité avait assuré la prospérité économique de la ville pendant des décennies, permettant aussi à une poignée d'hommes d'affaires d'amasser des fortunes colossales. Puis, dans les années 1990 et 2000, la délocalisation d'une grande partie de l'activité dans des pays en voie de développement avait conduit à des fermetures en série.

Les bâtiments les plus proches du centre-ville avaient pour certains été rachetés une bouchée de pain par des promoteurs immobiliers, puis convertis en lofts, mais la zone industrielle elle-même, excentrée, avait été désertée en quelques années. La quasi-totalité des ateliers, des manufactures et des entrepôts était désormais laissée à l'abandon. Sans entretien, les bâtiments étaient tombés dans un état avancé de décrépitude, et le quartier ressemblait à une ville fantôme. Cet aspect sinistre était renforcé par les tentatives des autorités d'empêcher les squats et les fêtes illicites en murant portes et fenêtres, ou en dressant des palissades de barbelés pour en interdire l'accès.

Assis sur un tas de gravats, au sommet d'une butte surplombant le site, Emma et Mathis contemplaient ce panorama. Une brume épaisse tapissait l'endroit sous la lumière argentée de la lune, presque pleine au firmament. Dans cette mer cotonneuse, les toitures de zinc des bâtiments et leurs verrières scintillantes émergeaient comme de gros icebergs à la dérive. La Marbrerie dominait l'ensemble de sa structure imposante.

– Et sinon, ton stage ? Ça se passe ?

– Oui, mais pour la millième fois, je ne peux pas t'en parler. J'ai dû signer un NDA pour obtenir ma convention de stage.

– Un quoi ?

– "*Non disclosure agreement.*" C'est un document légal qui m'interdit de parler des activités du labo. Surtout à quelqu'un qui bosse dans un journal, d'ailleurs.

Emma poussa un soupir et poursuivit, d'une voix teintée de déception :

– De toute façon, je n'aurais pas grand-chose à dire. Je fais des photocopies toute la journée… Bon, tu vois quelque chose ?

– Non, rien ne bouge, répondit Mathis en plissant les yeux. Enfin, je crois. C'est difficile à dire, avec les ombres. On dirait que ça change tout le temps.

– En tout cas, je ne vois pas de voiture de police garée dans la rue. Et personne n'est entré ni sorti depuis une demi-heure.

– Ça fait déjà une demi-heure qu'on attend ?

– Plutôt trois quarts d'heure, même. Il va être minuit.

– Mais qu'est-ce qu'il fout ?

– Je ne sais pas… tu crois qu'on y va sans lui ?

– T'es pas un peu folle ? C'est déjà une dinguerie d'y aller tout court !

– Peut-être, mais on n'a pas le choix. Si on ne trouve pas de preuves pour le disculper, Alex pourrait avoir de sérieux ennuis. Il *faut* qu'on fasse quelque chose.

– Ouais, t'as raison, mais n'empêche que…

– Attends ! Tu as entendu ?

– Quoi ?

– Là, derrière nous… quelque chose a bougé dans le buisson…

– BLLLAAARRRGGGHHH !

Une ombre bondit d'une pile de vieux pneus et fondit en un éclair sur Mathis, qu'elle envoya rouler en contrebas.

– Ah putain mais t'es trop con, protesta-t-il en se relevant et en époussetant ses vêtements sous les railleries d'Alex. Tu foutais quoi, mec ? Ça fait une plombe qu'on t'attend !

– Salut, les gars ! Tu feras gaffe, Mathis, t'es tout pâle. Je t'ai fait peur ou quoi ? plaisanta le nouvel arrivant en assenant une petite claque à l'arrière du crâne de son ami. Bon, désolé pour le retard. Une bagnole de flics m'a pris en filature, j'ai dû faire un détour. Ça risque de vous surprendre mais y en a qui font gaffe à ce qui se passe autour d'eux.

– Comment ça, tu as été pris en filature ? interrogea Emma, un sourcil relevé.

– Ouais, c'était une voiture banalisée. Je l'ai reconnue direct, elle était sur le parking quand j'ai été convoqué.

– Et tu as réussi à les semer comme ça ? demanda-t-elle d'un ton dubitatif.

– Bah ouais, attends, je suis un ouf moi.

L'incident n'expliquait en réalité qu'en partie son retard. Certes, il avait dû se défaire, avec une relative facilité, d'une voiture de police. Mais surtout, Alex avait longuement hésité à se joindre au groupe. Il avait failli faire faux bond à ses amis, et s'était ravisé à la dernière minute. Maintenant qu'il était là, il ne regrettait pas son choix. Enfermé chez lui, à ressasser le fil des événements, il avait cru devenir fou. Venir ici ne servirait sans doute à rien, mais dans l'action, il avait l'impression de reprendre le contrôle de son destin. Et si ses amis ne comprenaient peut-être pas ce qu'il traversait, au moins, ils étaient là pour lui.

Il était de meilleure humeur que ce matin.

– Sans déconner, heureusement que personne n'essaie de vous caner : j'aurais pu arriver avec un bonnet à grelots que vous m'auriez pas entendu. Bon, alors, ça dit quoi ?

Tout en parlant, Alex avait sorti de son sac à dos une paire de jumelles avec laquelle il inspectait les environs.

– Oh, génial ! Tu as pensé à prendre le sac ! s'enthousiasma Emma.

– Bah, encore heureux, s'il le prend pas maintenant, à quoi ça sert qu'il nous casse les couilles toute l'année avec son trip de survivaliste ? intervint Mathis dont le rythme cardiaque revenait doucement à la normale.

Depuis quelques années, Alex s'intéressait à la survie en milieu hostile. Il avait visionné des centaines d'heures de vidéos de youtubeurs, et c'était un sujet dont il était capable de parler pendant des soirées entières. Guerre, pénurie, pandémie, bombe nucléaire ou attaque terroriste : il voulait être paré à toute éventualité. C'est pourquoi il gardait toujours à portée de main, dans sa chambre, un sac à dos noir auquel personne n'avait le droit de toucher et où il conservait le nécessaire pour faire face à toute catastrophe : kit de premiers secours, bombe au poivre, couverture de survie, pastilles d'iode, couteau suisse... et une paire de jumelles infrarouges, qu'il était maintenant en train de ranger soigneusement dans leur étui après avoir scruté le quartier attentivement.

– Bon, rien à signaler. Les flics ont levé le camp. Faudra juste faire gaffe à pas se faire gauler par la caméra de surveillance à l'angle. Je parie que vous l'aviez pas vue, bande de nazes. Allez, vous venez ? On va pas y passer la nuit.

À la faveur du passage d'un épais nuage noir devant la lune, les trois adolescents rasèrent le mur de l'ancienne usine le plus silencieusement possible pour atteindre le point d'accès qu'ils avaient l'habitude d'emprunter. Écartant avec précaution le ruban de balisage bleu et rouge que la police avait laissé pour protéger l'entrée, ils poussèrent la lourde porte de fonte et se faufilèrent à l'intérieur. Derrière eux, le battant se referma dans un grincement sonore, puis un claquement métallique lourd et profond. *Comme une porte de prison*, pensa Alex.

Immense cube de béton chapeauté d'acier, la Marbrerie était l'un des plus anciens bâtiments de la zone industrielle. Sa verrière, qui culminait à une dizaine de mètres, abritait une enfilade de vastes pièces : des entrepôts, où étaient stockés des blocs de pierre monumentaux, et des ateliers, où les artisans travaillaient le marbre, le granit ou l'ardoise. Une paire de rails de chemin de fer serpentait au milieu, desservant les différentes stations. Aujourd'hui hors service, ils avaient servi autrefois à acheminer la matière première depuis l'immense portail de verre et d'acier jusqu'au hangar où étaient entreposés les produits finis.

L'entrée par laquelle les lycéens venaient de pénétrer sur le site était une porte de service qu'empruntaient les ouvriers, et qui débouchait sur un vestibule qui, dans le temps, faisait sans doute office de vestiaire. La verrière zénithale ne donnait aucune lumière : au-dehors, un épais voile nuageux s'était amassé devant la lune.

– On va y passer des heures, s'inquiéta Emma en tentant d'éclairer autour d'elle avec la lampe de son téléphone portable.

– Pfff, vous me faites marrer avec vos jouets, répondit Alex en illuminant la pièce du rayon de la Maglite qu'il venait d'extirper de son sac.

Le faisceau de la puissante lampe torche dessinait un rond presque blanc, qu'il fit courir le long des murs de béton nu. Il se rendit compte qu'il avait parlé d'une voix moins assurée que ce qu'il aurait souhaité. L'ambiance était pesante. Il savait qu'il avait la responsabilité de rassurer ses amis. Ce n'était pas chose facile quand lui-même était en proie à une certaine dose d'anxiété. Il tenta de détendre l'atmosphère avec une nouvelle blague :

– Eh, regardez ! Là-haut ! Y a quelque chose qui a bougé, non ? fit-il en braquant en l'air le faisceau lumineux.

Dans l'enchevêtrement de bois de la charpente, les ombres se multipliaient à l'infini. Il plissa les yeux et sonda cet espace un instant, incrédule. *Est-ce qu'il n'y a pas vraiment un truc qui vient de filer là-haut ?* Il avait besoin de reprendre ses esprits.

– Ah ah, très drôle. Alex, cesse d'essayer de nous terroriser, tu seras gentil. Bon, vous voulez regarder où en premier ?

– S'ils ont retrouvé nos cadavres de bouteilles, ça doit être pas loin de là où on était la dernière fois. Et sur une des photos il y avait un poteau en béton avec marqué "B2", c'est par là je crois, fit Mathis en prenant la tête du groupe.

Ils se mirent en marche, naviguant de salle en salle entre des blocs de pierre monumentaux. Les monolithes, abandonnés par les ouvriers, étaient les seules choses qui n'avaient pas été revendues à la fermeture de l'usine ni pillées par les visiteurs. Ils étaient simplement restés là, sur place. Certains s'élevaient à plusieurs mètres de haut. Leurs motifs bariolés offraient des éclats de couleur étranges sous le faisceau de la lampe. Au fur et à mesure de la progression des adolescents dans l'usine, le silence se faisait de plus en plus pesant. Il n'était troublé que par le bruit des pas résonnant contre les parois et par le rythme des respirations.

– Attends, stop ! Arrête-toi !

Alex retint Mathis par la capuche de son sweat et pointa la lampe vers le bas. Devant eux, au milieu du halo de lumière, le sol était maculé d'une large tache noire. Un pas de plus et ils auraient marché dessus.

– C'est… du sang ?

– Non, probablement pas. Ça doit être le produit que la police a utilisé pour nettoyer.

Désormais silencieux, les adolescents avaient du mal à quitter la scène des yeux, ils étaient comme fascinés par cette zone sombre au sol. Un sentiment d'anxiété s'était emparé du groupe. Chacun était conscient que quelques heures auparavant seulement, des corps mutilés gisaient ici. Des cadavres. Il était impossible de ne pas repenser à la violence crue des images de la police judiciaire. Emma tenta de rompre le malaise :

– En tout cas, c'est sûr : on est au bon endroit. Regardez, le poteau B2 est juste ici. Essayez de voir si vous trouvez des indices.

– Les cadavres de bouteilles de la dernière fois ont disparu, les flics ont dû les embarquer pour les empreintes…

– Attendez, vous avez entendu ?

– Allez, c'est bon Alex, c'est plus drôle maintenant, tu peux arrêter tes conneries…

– Chut ! Taisez-vous. Il a raison. Écoutez. On dirait… un gémissement ?

– Oui, ou un animal blessé ?

Le groupe se tint immobile, retenant sa respiration. Lentement, Alex opéra un long mouvement circulaire pour balayer la pièce de sa lampe.

– Attends, reviens un peu. Plus bas. Juste là, au ras du sol. Par terre. Vous avez déjà vu ce truc ?

La démarcation était presque imperceptible. En fait, sans la lumière rasante de la Maglite qui accentuait l'ombre projetée par la moindre aspérité, il aurait sans doute été impossible de la voir. Mais elle était bien là. Dans un coin de la large pièce, son contour carré se dessinait sur le sol de béton. Une trappe. Penchés au-dessus, les trois lycéens cherchaient des indices.

– Regardez les traces dans la poussière, sur le côté. Ça peut s'ouvrir. Et ça a été déplacé il y a peu de temps.

– Ouais, quelqu'un a ouvert et refermé ce truc.

– Vous entendez ? Sûr que ça vient de là-dessous. Le bruit.

Le son était très faible, assourdi, mais audible. Comme une longue plainte, un ululement entrecoupé de respirations rauques et saccadées. Ce qui était là-dedans, quoi que ce fût, était en train de souffrir.

Coinçant la lampe entre ses dents, Alex plongea les phalanges dans les interstices et tira sur la dalle de béton. Elle était lourde, mais il finit par la libérer de son logement et par la faire glisser lentement sur le sol, produisant un raclement sourd. Une échelle de fer, aux barreaux encastrés dans la paroi, descendait dans les profondeurs du bâtiment.

– Attends-nous ici, Emma, on va descendre avec Mathis.

– Ah, parce que je suis une fille je reste en haut, c'est ça ? Super, Alex, heureusement qu'il fallait pas compter sur des mecs comme toi dans les années 1960, quand on se battait pour avoir le droit d'avoir un compte en banque sans être mariées !

– Eh mais c'est pas ce que je voulais dire ! Et attends, comment ça les années 1960 ? C'était interdit jusque-là ?

– Jusqu'en 1965, connard ! répondit la voix d'Emma depuis la trappe où elle s'était engouffrée.

Quelques mètres plus bas, l'échelle donnait sur un couloir assez large et bas de plafond. L'obscurité, ici, était totale, et l'atmosphère étouffante. Ça sentait le renfermé.

– Emma, attends-nous, ça craint de ouf l'histoire des comptes en banque…

– Laisse tomber ce sale misogyne, moi j'ai toujours défendu les droits des femmes et…

– Taisez-vous. Vous entendez ?

– Non, il n'y a plus de bruit.

– Justement… c'est ça qui m'inquiète.

Un bref balayage de la lampe électrique permit de discerner leur environnement direct. Le couloir était long, il était impossible d'en voir l'extrémité. De chaque côté, des rectangles de pierres sombres reposaient, empilés les uns sur les autres ou, pour certains, adossés aux murs de brique. Mathis épousseta du revers de sa manche la surface lisse et froide de l'un d'entre eux. *Ci-gît Jean-Claude Leonetti, 1932-*

– Des pierres tombales, remarqua Alex pendant que Mathis inspectait d'autres dalles similaires.

Les pierres polies scintillaient dans la lumière.

– Ouais, et vous avez vu ? Roselyne Cournier, 1919, Jacques Bielle, 1925, Maxime Chardon-Latour, 1911… Il y a à chaque fois une date de naissance, mais pas de date de mort.

– C'est super flippant…

– Calmez-vous, il n'y a pas de quoi paniquer. Sans doute des clients prévoyants qui voulaient épargner à leur famille les tracas de faire confectionner une stèle pour leurs obsèques. Je peux comprendre que les employés aient choisi de les stocker à l'abri des regards…

Alors qu'elle finissait de rassurer ses amis, Emma eut un bref hoquet de surprise, puis saisit le bras d'Alex pour braquer la lampe dans un coin. Il sentit que sa main tremblait.

– Là-bas, ça a bougé. Je suis sûre que ça a bougé, chuchota-t-elle dans un souffle.

– OK. Reste ici, d'accord ? On a besoin de quelqu'un pour faire le guet, ajouta-t-il précipitamment, devançant les remontrances de son amie. Si tu entends quelque chose en haut, tu nous appelles.

Elle hocha la tête, restant en retrait pendant que les deux garçons progressaient dans le couloir. Ils contournèrent prudemment l'empilement de pierres derrière lequel Emma avait cru voir un mouvement. Alex, qui ouvrait la marche, baissa lentement le faisceau sur le sol, révélant la forme qui se cachait dans ce recoin. Il poussa un cri d'effroi et lâcha la lampe. Dans un fracas métallique, l'appareil éclata en heurtant le sol, plongeant la scène dans le noir absolu.

Depuis la pénombre, une voix plaintive émergea.

– Pitié…

– Alex ? Qu'est-ce que tu as vu ?

– Un… un mec… putain, il est… il est éclaté…

– Pitié, je vous en supplie… ils vont revenir…

– Vous inquiétez pas, monsieur, on va appeler les secours… putain, qu'est-ce que j'ai foutu de mon téléphone ?

La respiration saccadée avait repris, ainsi que le ululement plaintif. L'homme était manifestement à l'agonie.

Les mains tremblantes, les deux garçons fouillaient leurs vêtements à la recherche de leurs mobiles. Mathis finit par trouver le sien, et activa la fonction lampe de poche.

À ses pieds gisait un homme nu, recroquevillé sur lui-même. Son torse était couvert de balafres mal cicatrisées. Du sang perlait de ces longues estafilades. Autour de lui, le sol et les murs étaient souillés de larges taches sombres.

– Ça va aller, on va vous sortir de là, promit Mathis en tentant de réfréner un haut-le-cœur. Mais qu'est-ce qui vous est arrivé ?

– Ils m'ont laissé pour mort… là-haut… avec les autres… je me suis caché ici mais… ils vont revenir… ils reviennent toujours…

Il leva la tête vers les deux adolescents, qui constatèrent avec effroi qu'un de ses yeux manquait : sous la paupière flasque, l'orbite s'ouvrait sur un trou sombre et luisant. L'homme s'agrippa à la jambe du jean de Mathis, qui pianotait furieusement sur son téléphone.

– Merde, on capte rien ici ! Faut qu'on se magne, il a perdu plein de sang !

– Je n'ai pas de réseau non plus, s'écria Emma, qui venait de rejoindre le groupe, paniquée. On va devoir sortir pour appeler une ambulance !

– Aaaaaah ! Ils sont là… ils sont là… ils arrivent… hoqueta l'homme.

Soudain très agité, il tentait maintenant de ramper vers le fond du couloir.

– Hein ? Mais de quoi il parle ? Il délire…

– Eh, regardez ! Là-bas !

Alex avait braqué la lampe de son téléphone vers l'endroit où débouchait la trappe. Au fond du couloir, une silhouette se tenait debout, immobile. Elle les observait.

Le nouvel arrivant avançait vers le groupe. Vêtu d'un bleu de travail, il se mouvait avec une démarche étrangement mécanique. À cette distance, la faible lumière des téléphones ne permettait pas de discerner ses traits.

– Monsieur, monsieur ! On est là ! On a besoin d'aide ! s'écria Mathis.

Puis, se penchant sur l'homme nu qui rampait toujours à ses pieds :

– Vous inquiétez pas, vous allez vous en tirer !

Posant son sac par terre, Alex courut à la rencontre de l'homme au bleu de travail. Il remarqua en s'approchant que le flux de sa respiration produisait un son guttural inhabituel : khhhhhh… khhhhhh… khhhhhh…

– Eh, grouillez-vous ! Y a quelqu'un là-bas, il est salement amoché ! Faut le sortir d'ici !

Sans dévier de sa route, l'homme écarta Alex d'une main. Surpris, l'adolescent perdit l'équilibre et tomba à la renverse au milieu des pierres tombales. Quelques instants lui furent nécessaires pour reprendre ses esprits.

– Eh… attendez… les gars ! Je… Il est pas là pour nous aider !

Trop tard. Marchant toujours d'un pas calme et assuré, l'homme au bleu de travail était arrivé au niveau d'Emma et Mathis.

Sans prêter la moindre attention aux deux adolescents, il s'arrêta à hauteur du blessé, qui gémissait toujours et avait progressé de quelques mètres sur le sol, laissant une traînée de sang derrière lui. Il se pencha et l'attrapa par les cheveux, le redressant brutalement pour l'adosser au mur de béton. Les lycéens n'arrivaient pas à réagir, médusés par la scène.

– Ils reviennent toujours… ils sont revenus… ils reviennent toujours…

Contre le mur, l'homme nu avait relevé les bras dans un geste de défense et répétait ces quelques mots comme une litanie plaintive. Les gestes secs de l'assaillant se découpaient dans la lumière des téléphones. Maintenant fermement sa victime en place d'une main, il plongea l'autre dans sa bouche. La complainte prit fin dans un râle étouffé. Emma sortit de sa torpeur et s'écria :

– Arrêtez ! Qu'est-ce que vous faites ? Arrêtez ! Vous allez le tuer !

– Mon sac ! Où est mon sac, bordel ?!

Alex avait réussi à rejoindre le groupe ; il cherchait son sac à dos à tâtons dans l'obscurité tandis qu'Emma tentait désespérément de séparer les deux hommes. Mathis, en état de choc, ne parvenait pas à détourner le regard. Sous les hurlements des lycéens, l'homme au bleu de travail avait entré son poing entier, forçant le passage dans la bouche béante. Ignorant les coups d'Emma, qui frappait son dos de toutes ses forces, il était en train d'étouffer complètement sa victime. Des gargouillis et des craquements sinistres se faisaient entendre, émanant de sa cage thoracique. Alex, qui avait finalement retrouvé son sac, brandit sa bombe au poivre.

– Reculez ! cria-t-il à ses amis en pulvérisant un long jet d'aérosol en direction de l'assaillant.

Celui-ci avait plongé son avant-bras presque entier dans la gorge de sa proie. Imperturbable, il continuait à pousser par à-coups. Horrifiée, Emma avait fait un pas en arrière, mais dans cet environnement confiné, le spray fit effet presque immédiatement, et elle sentit ses yeux la piquer et sa vision se troubler. L'homme au bleu de travail finit par extirper son bras, désormais couvert de sang, dans un abominable bruit de succion. Il lâcha enfin l'homme nu dont le corps s'affaissa au sol, inerte. Sa mâchoire brisée s'ouvrait en un angle contre-nature, pendant dans le vide, laissant voir une gorge béante d'où s'écoulait un flot de sang.

Lentement, l'attaquant se releva et se tourna vers les adolescents. À travers les larmes qui brouillaient leur champ de vision, ils virent pour la première fois son visage. C'était un homme d'une quarantaine d'années aux traits émaciés. Surtout, il était complètement impassible. Absolument aucune expression ne transparaissait sur son visage, pas même une trace des efforts qu'il venait de fournir. Sa respiration était calme, mais produisait toujours cet étrange ronflement rauque : khhhhhh… khhhhhh… khhhhhh… Il sembla hésiter un instant, puis dirigea son attention sur les larges stèles qui reposaient contre le mur. Il saisit l'une d'elles à pleines mains.

Alex continuait à presser le bouton de la bombe de *self-defense* aussi fort qu'il le pouvait. Le spray irritant saturait l'air du corridor, mais bien qu'il fût braqué à quelques centimètres à peine des yeux de l'assaillant, il semblait sans effet sur lui. Imperturbable, celui-ci soulevait lentement l'imposante pierre grise. Toujours subjugué, Mathis le vit la porter jusqu'au-dessus de sa tête, à bout de bras.

– Mais… mais comment c'est possible ?

Alex laissa tomber sa bouteille de spray et se tourna vers ses amis.

– Barrez-vous ! Il va nous buter ! *Courez !* parvint-il à crier, réprimant une quinte de toux.

Il fonça vers la sortie, tirant Emma derrière lui. Comme réveillé brusquement d'un rêve étrange, Mathis leur emboîta le pas. Ils couraient aussi vite qu'ils le pouvaient, mais la progression dans le tunnel était difficile : sous l'effet du spray au poivre, ils respiraient avec difficulté et ne pouvaient presque plus ouvrir les yeux. Ils étaient désorientés, et les lumières des téléphones, qui sautaient sur les murs au rythme de leur course, n'étaient pratiquement d'aucune aide.

À mi-chemin, un fracas épouvantable se fit soudain entendre sur leur gauche. La stèle, lancée à pleine vitesse, venait d'éclater juste à côté d'eux, pulvérisant un empilement de pierres sous le choc. L'impact fit trembler les murs et le plafond, d'où s'échappa une fine pluie de plâtre.

– Là ! Devant ! L'échelle !

Alex se saisit des barreaux rugueux comme d'une bouée de sauvetage et grimpa aussi vite qu'il le put, talonné par ses amis. Débouchant à la surface, il s'effondra sur le sol en hoquetant pendant qu'Emma aidait Mathis à sortir.

– La trappe… refermez… la trappe… souffla Mathis en émergeant.

À quatre pattes, ils attrapèrent la dalle et entreprirent de la faire glisser. Hors d'haleine, en proie à d'irrépressibles quintes de toux, la tâche était beaucoup plus difficile que tout à l'heure. Leurs doigts moites peinaient à avoir prise sur le carré de béton, qui semblait peser des tonnes.

– Poussez plus fort !

Dans un son mat, la lourde plaque finit par s'encastrer dans son logement.

Les trois amis essayaient tant bien que mal de reprendre leur souffle. Les effets de la bombe au poivre tardaient à se dissiper. Hébété, Alex se lamentait :

– J'ai pas pu… pas réussi à l'empêcher…

– On pouvait rien faire. Vous avez vu ce qu'il a fait ? Comment il a pu soulever ce truc ? Ça devait peser au moins trois cents kilos !

– Je ne sais pas… C'est inhumain… J'ai l'impression que j'ai entendu ses tendons craquer sous l'effort…

– Attendez… Y a du bruit en dessous !

La conversation s'interrompit abruptement. En effet, des échos réguliers émanaient de sous la trappe, de plus en plus distincts. Des pieds qui prenaient appui sur l'échelle métallique et s'approchaient de la surface.

– Bloquez la trappe, empêchez-le de sortir ! Je vais chercher quelque chose pour ajouter du poids…

Alex balaya la vaste pièce avec la lampe de son téléphone. Son regard se posa sur un bloc de granit brut. *Trop lourd.* Impossible de le faire bouger. Il continuait à chercher une solution, le cœur battant à cent à l'heure. Derrière lui, sous la surface du sol, un grattement se faisait entendre. *Réfléchis, Alex. Réfléchis.* Le chariot ? Le vieux chariot de chemin de fer qui avait été abandonné sur les rails de l'usine ! Ce truc devait peser une tonne, et on pouvait le faire rouler… mais aurait-il le temps de le pousser jusqu'à la trappe ? *Non. Trop compliqué.* Il avisa des sacs de gravats entreposés dans un coin de la pièce. Ça ferait l'affaire.

– Magne-toi, Alex ! On ne va pas tenir longtemps !

Il bondit jusqu'au tas de sacs en toile de jute et en empoigna un. Il tira dessus de toutes ses forces, grimaçant, pour le traîner sur les quelques mètres qui le séparaient de la trappe. Ça semblait peser des tonnes. Au fur et à mesure qu'il avançait, redoublant d'effort, puisant dans ses dernières ressources, il entendait des coups résonner en contrebas. Avec un grognement furieux, il parvint à atteindre la dalle, sur laquelle il lâcha le sac. *Sauvés.*

Juste en dessous d'eux, l'homme continuait à tambouriner. De plus en plus fort.

– C'est… c'est trop lourd, hein ? On est d'accord qu'il peut plus sortir ?

Les trois adolescents, debout sur la trappe autour du sac, se dévisagèrent. Un coup, plus violent que les précédents, fit tressauter l'épaisse dalle sous leurs pieds.

– Merde ! Ça va pas tenir !

Un nouveau choc résonna. Cette fois, la trappe se souleva de plusieurs centimètres. Emma braqua la lampe de son téléphone vers le sol, et les adolescents virent avec horreur cinq phalanges dépasser : l'homme avait réussi à glisser ses doigts dans l'interstice.

– Merde ! Merde ! Qu'est-ce qu'on fait ?

Un nouveau coup retentit, et sa main entière apparut. Le bruit caractéristique de sa respiration se faisait entendre par l'ouverture. Khhhhhh… khhhhhh… khhhhhh… Il gagnait du terrain.

– Faut rajouter du poids !

– Je vais en chercher un autre ! Retenez-le !

Tandis qu'Alex bondissait en direction de la pile de sacs, des chocs supplémentaires tonnèrent. Le bras entier passa sous la dalle et, faisant levier, laissait désormais entrevoir le visage de l'assaillant.

– Reste dans ton trou ! Reste dans ton trou ! criait Emma en donnant des coups de pied.

Alex atteignait le tas de gravats lorsqu'un éclat de voix, provenant du fond de la pièce, le stoppa net dans sa course.

– Les gars ? Eh oh ? Vous êtes là ?

Le lycéen crut sentir un poignard lui transpercer le cœur. C'était la voix de son petit frère.

Toutes Les Nouvelles
édition du 17 octobre
Rubrique Police-Justice

Centre-ville : une enquête ouverte après des actes de vandalisme

Mauvaise surprise pour les effectifs de police de Saint-André-sur-Leuze ce samedi. C'est en pleine après-midi que les fonctionnaires ont découvert la présence de graffitis sur les murs du commissariat central ainsi que sur plusieurs véhicules de fonction. Ces inscriptions équivoques mêlaient slogans anti-police et images obscènes. Acte isolé ? Attaque coordonnée d'un groupuscule d'extrême gauche ? La préfecture de police a ouvert une enquête dans l'espoir de faire la lumière sur cette affaire. *"Quelles que soient les motivations du ou des contrevenants, cette dégradation illustre malheureusement l'ensauvagement de notre société, qui touche même une ville sûre et paisible comme Saint-André. Cet acte lamentable symbolise une atteinte à la République et aux valeurs qu'elle représente. Le commissaire Bonneau et ses équipes ont toute ma confiance pour faire la lumière sur cette affaire*", a déclaré le maire Gérald Savoy. Rappelons qu'une telle dégradation constitue un délit puni de 3 750 euros d'amende pouvant s'accompagner d'un travail d'intérêt général.

4

Le lundi, c'était le jour du foot. Il fallait vite sortir du cours de maths et foncer jusqu'à l'arrêt de bus pour ne pas rater le 611, celui qui menait aux terrains. Le bus était à quarante-cinq, et si on le ratait, le suivant ne passait qu'à et quart. Quand ça arrivait, Thom manquait l'échauffement et ça faisait des histoires. Au club, la plupart des autres étaient obsédés par le foot. Les entraînements, les tournois… ils regardaient les matchs à la télé, ils en discutaient, ils suivaient les joueurs sur les réseaux sociaux. Certains voulaient même vraiment se faire repérer, devenir pros. Pour de vrai.

Lui, le foot, ça ne lui plaisait pas plus que ça. S'il avait pu, il aurait préféré faire autre chose. Le terrain était une immense étendue hostile où les chaussures à crampons et les protège-tibias lui semblaient peser des tonnes. D'autant plus qu'il n'avait pas le physique de son grand frère. Au contraire, il était plutôt du genre gringalet. Les chocs, la boue, les cris, le maillot qui colle à la peau sous la pluie, les vestiaires… S'il y réfléchissait longtemps, avec un peu d'honnêteté, il était bien obligé d'admettre qu'il détestait tout cet univers. Souvent, il se surprenait à compter sur la grande horloge du terrain les chiffres rouges des minutes qui le séparaient de la fin de l'entraînement. Même s'il ne le formulait pas, les autres, au club, le sentaient. Selon une espèce d'accord tacite, il se tenait plutôt loin du ballon, sauf quand, par accident, il lui arrivait dans les pieds. Alors, c'était la panique. Il faisait tout pour s'en débarrasser aussi vite que possible.

Parfois, il se disait que la meilleure chose à faire serait d'arrêter. Mais ce n'était pas si simple. Déjà, parce que son frère adorait le foot. Quand Thom lui racontait ses entraînements, Alex était attentif. Il s'intéressait à lui pour de vrai. De tels moments de complicité étaient rares : Thom avait plus d'atomes crochus avec les amis d'Alex qu'avec son propre frère.

Et puis, le club, c'était aussi l'un des rares liens qu'il entretenait avec son père. Le dimanche matin, quand c'était jour de match, il trouvait son maillot lavé, repassé, plié, sur la commode de l'entrée. À sa connaissance, c'était la seule tâche ménagère dont son père s'occupait. Il n'avait pas oublié ce rituel une seule fois. Il lui préparait son petit-déjeuner, et ensuite, il le conduisait dans telle ou telle ville du département où se déroulait la rencontre. Tout le long du trajet qui durait parfois plus d'une heure, il lui donnait des conseils sur les gestes techniques, la tactique. Et au retour, il analysait la rencontre. Malgré les performances catastrophiques de Thom, il ne s'énervait jamais.

En général, son père venait aussi le chercher à la fin de l'entraînement pour le ramener à la maison. Mais ça, c'était plus compliqué. Le lundi, c'était le jour du foot, mais c'était aussi le jour où la boucherie était fermée. Ça signifiait que son père allait au PMU un peu plus tôt que les autres jours de la semaine. Et qu'il y restait un peu plus tard. Malgré les efforts d'Alex pour dissimuler la situation, Thom le savait : les affaires ne marchaient pas bien. Quand il rentrait le soir, surtout s'il était passé au troquet, son père expliquait les raisons de ce marasme – ou plutôt, il expliquait qui en était responsable : "ces fils de putes de fournisseurs qui croient qu'ils vont me la mettre dans le cul sur les prix", "les petites salopes du gouvernement qui se touchent sur les taxes", "l'Europe de mes couilles", "les écolos de mes deux", ou encore "les pédés de véganes qui veulent bouffer que de l'herbe"... Bref, le lundi soir, après le foot, Thom devait souvent rentrer par ses propres moyens. C'est-à-dire à pied, car après l'entraînement, le bus 611 ne passait plus.

Ce soir, il n'était pas vraiment surpris de ne pas trouver la camionnette blanc et rouge sur le parking du centre sportif. Un de ses coéquipiers l'alpagua depuis la voiture de ses parents.

– Eh Thom, t'es tout seul ? Tu veux qu'on te ramène ?

Il réfléchit une fraction de seconde. Il savait le piège que représentait cette proposition. Il faudrait faire la conversation, et expliquer pourquoi personne n'était venu le chercher. Pourquoi son père était fatigué, ce soir encore. Les sous-entendus, les questions.

– Non non, c'est bon, t'inquiète, je rentre à pied, je préfère comme ça. Des fois je le fais en trottinant. J'aime bien après l'entraînement.

C'était évidemment un mensonge. Qui aurait pu vouloir s'infliger ça ? Une bonne heure de marche le séparait de chez lui, avec son équipement de foot et ses affaires de cours sur le dos… le tout, le long d'une départementale mal éclairée. En plus, des bruits circulaient au collège : certains de ses copains affirmaient que des gens disparaissaient sur cette route. À la nuit tombée, un mystérieux van blanc s'arrêtait à leur hauteur, et on ne les revoyait jamais. Thom ne croyait pas à ces légendes urbaines. Enfin, pas complètement. Si on commençait à écouter les rumeurs, il y avait de quoi faire : que Moussa, en troisième B, était DJ et mixait dans des boîtes de nuit à Paris sous un faux nom ; que Mme Dubreuil, la prof de biologie, vendait des *nudes* sur internet ; que le proviseur était cannibale… Ces pensées l'occupaient pendant qu'il affrontait la longue marche dans la nuit.

En arrivant chez lui, exténué, Thom n'avait qu'une envie : se changer les idées. Il pensa d'abord jouer à la PS5 mais, constatant qu'il était seul à la maison, il se ravisa et décida d'aller fouiner dans la chambre de son grand frère. Il avait l'habitude : s'il faisait suffisamment attention, et qu'il reposait chaque objet exactement à l'endroit où il l'avait pris, Alex ne se rendait compte de rien. Le grenier recelait de nombreux trésors : des jeux vidéo auxquels il n'avait pas encore le droit de jouer, quelques mangas pour adultes dont il connaissait la cachette… et le sac noir qui renfermait les affaires de survivaliste de son frère. Mais à sa grande surprise, ce soir, Thom ne le trouva pas en tâtonnant à l'endroit habituel, sous le lit, calé derrière la table de nuit. Il l'avait pris avec lui en sortant ? Étrange. Est-ce que cela avait quelque chose à voir avec la convocation de l'avant-veille ? Alex ne lui avait pas raconté ce qui s'était passé au commissariat, mais il semblait soucieux, depuis deux jours…

Thom décida d'allumer l'ordinateur de son frère. Il avait deviné le mot de passe depuis des mois. C'était pratique : son PC était la seule machine de la maison sur laquelle le contrôle parental n'était pas activé. À l'allumage, l'écran afficha la dernière page consultée par Alex : l'application web de la messagerie qu'il utilisait avec ses amis. Il découvrit les derniers messages échangés sur la boucle “Ce soir c’est carnage” :

isMath_BG_77: du coup @Emma sa di kwa pour la dissert ?

Emma Sistare: Comment ça: “sa di kwa pour la dissert” ?! On en a déjà parlé Mathis. Tu n’as pas avancé du tout ce week-end ?! Tu as lu les fiches que je t’ai envoyées au moins ?

isMath_BG_77: g avancé de ouf...... sur mon rap !!!!!!!!! LOL

Emma Sistare: ...

isMath_BG_77: srx ca va etre 1 SINGERIE vs etes pas prets

ALX: rdv quelle heure ce soir

Emma Sistare: Bonne question. Il faut qu’on profite de la nuit. Disons 11 h là-bas ? On se retrouve sur la butte en face de la Marbrerie ?

isMath_BG_77: g 1 game ce soir on pt pas dire genre 2 h du mat trkl ?

ALX: OK 11 h a tt

Emma Sistare: À tout à l’heure. Faites attention à vous.

Le dernier message avait été envoyé par Mathis : c’était une série d’émojis incompréhensibles. Il y avait celui avec le singe qui se cache les yeux, celui avec le visage qui pleure à grosses gouttes, celui avec le majeur en l'air, et trois fois l'émoji cosmonaute. Thom supposa que ça voulait dire qu'il avait fini par se ranger à l'avis d'Emma. Il jeta un coup d'œil à l'horloge de son mobile : ils devaient déjà être arrivés à la Marbrerie. Lui-même n'était jamais allé là-bas, mais il savait où le bâtiment se situait. Ce n'était un secret pour personne : son frère et ses amis s'y retrouvaient souvent.

Le garçon recommença à fouiller distraitement dans les affaires d'Alex en pensant à la conversation dont il venait de prendre connaissance, lorsque son regard fut attiré par quelque chose d'inhabituel. Quatre tirages photo, format A4, cachés entre deux classeurs dans le tiroir de son bureau. Une inscription au verso indiquait : Commissariat de Saint-André. Lorsqu'il les retourna, il eut l'impression que le monde s'écroulait autour de lui.

Dans sa tête, les différents éléments se mirent en place : la convocation. Les photos d'hommes démembrés. L'anxiété d'Alex ces deux derniers jours. Le sac à dos de secours qui avait disparu. Son frère était en danger. Sans réfléchir davantage, Thom descendit au garage en quatrième vitesse pour récupérer son vélo et fonça en direction de la zone industrielle.

Après avoir pénétré dans la Marbrerie, Thom avait erré un moment à travers l'usine désaffectée. Quelques minutes d'exploration, puis il avait rapidement entendu des bruits et des éclats de voix qu'il avait suivis jusqu'à un couloir débouchant sur une vaste pièce.

– Les gars ? Eh oh ? Vous êtes là ?

Une éclaircie dans les nuages laissa filtrer un rayon de lune par les carreaux de la gigantesque verrière, révélant la scène qui se déroulait devant lui. Emma et Mathis étaient debout sur une dalle couverte de débris. Ils semblaient paniqués et toussaient beaucoup. En dessous d'eux, un bras, qui sortait du sol par un interstice, s'agitait frénétiquement. Il n'aperçut pas tout de suite son frère, jusqu'à ce qu'il entende un cri désespéré depuis le fond de la salle.

– Thom ! Qu'est-ce que… Cours ! Barre-toi ! Cours !

Alex avait parlé d'une voix éraillée par l'effort et la peur. Dans la lumière de la lune, son visage, mouillé de larmes, reflétait l'effroi. Une terreur brute, animale. Thom n'avait jamais vu son frère dans cet état.

– Cours ! Cours ! Cours ! *COURS !*

Tout se passa très vite. Avec une nouvelle impulsion, l'homme parvint à passer la moitié supérieure de son corps à la surface, et à saisir la jambe d'Emma au niveau de la cheville. La jeune fille chuta sur le dos et tenta de se libérer de son emprise à coups de pied. Alex attrapa une barre de fer qui dépassait de la pile de décombres et rejoignit ses deux amis. Les pieds solidement plantés dans le sol, il leva l'arme au-dessus de sa tête et l'abattit sur le bras de l'homme de toutes ses forces, trois fois de suite. Bang. Bang. BANG. Au deuxième coup, l'os produisit un craquement qui résonna à travers la pièce. Au troisième, l'articulation du coude se plia à l'envers. L'homme resta muet, hormis le son étrange de sa respiration. Khhhhhh… khhhhhh… khhhhhh… Son visage ne trahissait aucune douleur. Sa main était toujours crispée sur la cheville d'Emma.

Alors que Mathis attrapait son amie par les bras pour tenter de la libérer, elle donna un coup sec de la jambe et parvint à se dégager. Les deux adolescents tombèrent à la renverse sur le sol poussiéreux. Alex hurlait de rage en continuant à faire pleuvoir les coups sur les bras et le crâne de l'assaillant, qui s'agitait pour parvenir à s'extirper du conduit en rampant.

– Barrez-vous ! Je le retiens ! Emmenez Thom avec vous !

– Pas question ! Tu viens avec nous, Alex, cria Emma en se relevant.

Elle l'attrapa par la capuche de son sweat et le tira brusquement. Surpris, il lâcha la barre de fer qui tomba au sol dans un tintement métallique.

Alex hésita un instant à la ramasser et, croisant le regard d'Emma, comprit qu'elle ne partirait pas sans lui. Il se retourna vers l'homme, dont le corps était presque entièrement sorti du conduit, et lui donna un dernier coup de pied en pleine tête en hurlant :

– Retourne dans ton trou, fils de pute !

Profitant de ce moment, les trois lycéens prirent la fuite. De l'autre côté de la pièce, Thom, médusé par la scène qui venait de se jouer sous ses yeux, n'avait pas bougé d'un centimètre. En voyant son frère courir vers lui, il se décida lui aussi à décamper. Mais dans quelle direction ? Au-dessus d'eux, le ciel s'était à nouveau obscurci de nuages. La Marbrerie, privée de la lumière de la lune, était redevenue un dédale obscur.

– Suivez-moi ! Il y a une issue par ici ! cria Mathis en s'engouffrant dans une enfilade de pièces.

Sur ses talons, Emma et Thom le suivaient, à bout de souffle. Alex fermait la marche. Il régulait ses foulées pour ne pas courir plus vite que son frère, et l'encourageait :

– Plus vite ! Plus vite ! Plus vite, putain !

Dans l'obscurité, la course était compliquée et dangereuse. À tout moment, le moindre débris jonchant le sol pouvait les faire chuter. Derrière eux, à quelques mètres à peine, le bruit sinistre se faisait entendre depuis les ténèbres : khhhhhh… khhhhhh… khhhhhh…

– Là ! Ici !

Devant eux, un carré bleu nuit se dessinait dans la pénombre. Une fenêtre qui donnait sur l'extérieur. Mathis se jeta dessus, avant de déchanter.

– Merde ! Merde ! Merde !

– Qu'est-ce qui se passe ? Sors ! s'exclama Emma, qui arrivait juste derrière lui.

– Il y a des barreaux ! On peut pas passer ! Les flics ont dû condamner la fenêtre ! Merde !

– T'es sûr ?

Alex empoigna les barreaux et tenta de forcer. C'était peine perdue.

– Pousse-toi, Alex ! Thom, essaie de passer, proposa Emma en attrapant le collégien par la taille et en le portant à hauteur de l'ouverture.

– Je laisse pas Alex ici ! protesta-t-il.

– Ta gueule, Thom ! Barre-toi !

Le jeune garçon enfonça sa tête entre les barreaux d'acier. En forçant, ça passait tout juste. Le métal froid lui râpa les oreilles. À force de contorsions, il parvint à se glisser entièrement dans l'ouverture et se laissa tomber sur le sol, de l'autre côté du mur d'enceinte. Il se releva lentement. Depuis l'intérieur du bâtiment, des bruits de pas se firent entendre, de plus en plus lointains : son frère et ses deux amis avaient repris leur course dès qu'il avait été hors de danger après lui avoir lancé un dernier :

– Dégage ! Pars le plus loin possible !

Il sentait son cœur battre dans ses tempes. Qu'est-ce qui s'était passé ? Est-ce que les deux minutes qu'il venait de vivre étaient bien réelles ? Il regarda ses mains : elles s'étaient écorchées lorsqu'il s'était réceptionné sur le bitume froid du parking. Il était en train de repasser l'enchaînement des événements dans sa tête quand il fut brusquement sorti de ses réflexions : un choc sourd résonna depuis l'intérieur du bâtiment, et un long bras fusa depuis la fenêtre. Le collégien eut un mouvement de recul instinctif, et les doigts s'arrêtèrent à quelques centimètres de son visage, se refermant dans le vide avec un claquement sec.

Thom se tint immobile, sous le choc, face à l'inconnu qui venait de tenter de le capturer. Qui était cet homme ? Pourquoi son frère l'avait-il tabassé de la sorte ? Comment avait-il pu se relever après les coups qu'il lui avait portés ? Une chose était sûre : tant qu'il restait ici, Alex et ses amis gagnaient un temps précieux pour s'échapper. Chaque seconde comptait. Il recula d'un pas et examina les environs. Dans ce quartier de la ville, l'éclairage public était presque inexistant. Les lampadaires étaient pour la plupart en panne, ou avaient été détruits par les jets de pierres d'adolescents désœuvrés. Dans la pénombre, on distinguait quelques épaves de voitures abandonnées sur le parking de la Marbrerie. Celui-ci était bordé d'un côté par la route qui menait au centre-ville, déserte à cette heure. Au fond, il donnait sur une station-service désaffectée, dont il était séparé par une barrière de fil de fer barbelé.

Un bruit attira de nouveau son attention vers la fenêtre par laquelle il venait de s'échapper. L'homme avait empoigné un barreau d'une main et se balançait d'avant en arrière, comme pour le déchausser du linteau. Ce tapage s'accompagnait de l'étrange raclement rauque qui s'échappait à chaque respiration de sa mâchoire entrouverte : khhhhhh… khhhhhh… khhhhhh… Thom tenta de discerner son visage mais, dans la pénombre de la Marbrerie, on n'apercevait pas grand-chose, si ce n'était un abondant filet de sang qui coulait depuis l'arcade gauche, où Alex l'avait frappé. L'un des lampadaires du parking grésilla brièvement, produisant un bref flash de lumière qui éclaira le visage de l'inconnu, l'espace d'une seconde. Puis l'homme disparut entièrement. Il était parti à la poursuite des trois lycéens, dans le dédale de l'usine désaffectée. À cet instant, Thom comprit quelque chose. Un déclic. Il fallait qu'il parle à son frère.

Après s'être assurés que Thom était en sécurité, les trois lycéens avaient repris leur course désespérée à travers les corridors. Ils étaient hors d'haleine, toujours en proie aux effets de la bombe au poivre, mais l'adrénaline leur procurait des ressources insoupçonnées.

– Par ici ! lança Emma.

Elle tentait tant bien que mal de suivre le mur d'enceinte. Sans interrompre sa course, elle donnait à intervalles réguliers un coup sec de l'extérieur du poing contre les parois. Soudain, elle marqua un arrêt, manquant de faire chuter Mathis qui courait juste derrière elle.

– Là ! Ici ! cria-t-elle en frappant une seconde fois au même endroit, son coup produisant un son creux. Une porte !

Alex tâtonna jusqu'à trouver la poignée, qui tourna dans le vide.

– Écartez-vous ! Mathis, mets-moi de la lumière !

Tandis que son ami rallumait la lampe de son téléphone pour éclairer la porte, il inspira profondément, prit son élan et lança un coup de pied juste en dessous de la poignée. La porte trembla mais ne bougea pas d'un centimètre.

– Grouille ! Je l'entends, il gagne du terrain !

En effet, des bruits résonnaient au loin.

Alex recula de trois pas et répéta la manœuvre en poussant un hurlement rauque. La serrure finit par céder, et la porte s'ouvrit en grand vers l'extérieur, claquant contre le mur dans un grand vacarme.

Enfin à l'air libre, les trois adolescents tentèrent aussitôt de sécuriser la sortie. C'était peine perdue : le pêne rouillé s'était brisé sous le choc, et aucun objet alentour ne permettait de dresser de barricade. Ils se dévisagèrent, silencieux, quand un chuchotement attira leur attention :

– Pssst ! Par ici !

De l'autre côté du parking, au niveau de la vieille station-service, la silhouette frêle de Thom se découpait dans la nuit. Emma, Mathis et Alex le rejoignirent en quelques enjambées. Ils arrivaient à proximité lorsque le collégien les mit en garde :

– Stop ! Attention ! Vous coupez pas !

Les trois lycéens s'arrêtèrent net : dans le noir, ils avaient failli courir droit dans la clôture de barbelés. À quelques centimètres devant eux, les spires de métal se hérissaient de lames coupantes comme des rasoirs.

– Regardez, ici, il y a un passage, chuchota Thom en soulevant le bas du grillage à l'aide d'une vieille planche de bois.

Ils passèrent de l'autre côté prudemment en suivant ses indications. Aussitôt la clôture franchie, Thom escamota la planche tandis qu'Emma et Mathis se laissèrent tomber sur le bitume, tentant de reprendre leur respiration. Alex, lui, se tourna vers son petit frère pour le sermonner.

– Pourquoi tu es resté là, putain ? Je t'avais dit de te barrer !

– Attends, Alex, il faut que je te dise un truc…

– Et d'ailleurs, qu'est-ce que tu fous ici ? Pourquoi tu es venu ? Comment tu savais qu'on était là ?!

– Alex, écoute-moi…

– Vos gueules ! Regardez là-bas !

De l'autre côté du parking, les gonds de la porte laissèrent échapper un long grincement. L'homme sortit du bâtiment. Il tourna la tête à gauche, puis à droite, avant de porter son regard droit devant lui, en direction du petit groupe. Puis il esquissa un mouvement dans leur direction. Un pas hésitant, puis un autre. Il se mit à marcher vite, puis à courir. Son bras gauche – celui qu'Alex avait cassé à coups de barre de fer – pendait le long de son corps, inanimé, ballotté au gré de ses mouvements.

– Allons-y ! On devrait pouvoir le semer, proposa Emma en chuchotant.

– Si on se perd, on se retrouve à la maison, décida Alex.

Les adolescents reprirent la fuite… mais dans la nuit noire, Mathis, dont les yeux étaient toujours emplis de larmes, ne vit pas le vieux pneu qui traînait sur le sol. Alors que ses amis filaient en direction du cœur de la zone industrielle, il trébucha et s'étala de tout son long sur le bitume. À quelques mètres derrière lui, un terrible bruit se fit entendre, de métal et de tissu déchiré. Il se retourna sur le dos pour observer.

Leur poursuivant avait couru droit dans la clôture de barbelés, à pleine vitesse. Ses membres étaient emmêlés dans les lianes d'acier. Sa combinaison bleue s'était déchirée à plusieurs endroits, révélant sa peau où le sang commençait à perler.

– Les gars… appela Mathis d'une voix blanche.

Personne ne répondit à son appel. Ses amis ne l'entendaient plus. Ils ne l'avaient pas vu chuter, et étaient déjà loin. Un rayon de lune perça les nuages, éclairant la scène qui se jouait en face de lui. Il n'en crut pas ses yeux.

L'homme se débattait. Cependant, il ne paraissait pas essayer de se dégager du piège. Au contraire, il semblait tenter de prendre appui sur le sol pour continuer à progresser. Il empoignait à pleines mains les câbles hérissés de pointes et tirait dessus de toutes ses forces. Mille lames de fer mordaient dans son corps, lacérant sa chair comme du papier. Les entailles s'ouvraient, s'élargissaient, se changeaient en plaies béantes. La tête pressée contre les boucles de métal, il forçait comme s'il avait pu les traverser. Son visage se déchirait en plusieurs endroits à mesure qu'il continuait à pousser. L'acier dessinait sur ses joues, son front et son nez des stries, des lambeaux qui se détachaient et pendaient le long de sa face.

Mathis ne parvint à détourner les yeux que lorsqu'un son alarmant se fit entendre : les poteaux qui maintenaient le grillage étaient en train de tanguer sous les secousses et menaçaient de rompre. Il secoua la tête, reprenant ses esprits, se releva et partit en courant sans se retourner. Derrière lui, de plus en plus loin, la respiration continuait à résonner dans la nuit : khhhhhh… khhhhhh… khhhhhh…

Lorsqu'il arriva chez Alex après une demi-heure de course effrénée, Mathis était exténué. Ses jambes le tenaient à peine, et il se sentait au bord de la crise cardiaque. Il ouvrit la porte d'entrée sans un bruit et grimpa les escaliers le plus silencieusement possible pour ne pas risquer de réveiller le père de son ami. Dans le grenier, Alex, Thom et Emma l'attendaient.

– On vient d'arriver… Désolé, on n'avait pas vu qu'on t'avait semé. Ça a été ? Il t'a pas suivi ? chuchota Alex.

Mathis fit non de la tête et s'affala dans le canapé. Il y eut un bref moment de silence pendant lequel les adolescents s'observèrent, mal à l'aise. Ils étaient transpirants, le visage rouge et bouffi, et les yeux toujours gonflés par les effets de la bombe au poivre. Des gouttelettes de sang séché mouchetaient les joues d'Alex. Ses baskets aussi étaient souillées.

– Qu'est-ce que c'était que ce truc ?! demanda enfin Emma dans un souffle.

– Je sais pas. Un mec camé ?

– Mouais… ou un zombie.

– Putain mais ferme ta gueule, Mathis, si c'est pour dire des conneries !

– Ben quoi ? Qu'est-ce que j'ai dit ? Ça ressemble, non ?

– Mais n'importe quoi ! Ça n'existe que dans les films, les zombies ! Et dans les films, ils essayent de manger le cerveau des gens. Et tu l'as vu manger le cerveau de quelqu'un ? Non ? Bon.

– Je comprends pas… Je lui ai foutu un coup de barre de fer en plein dans la gueule et le mec en avait genre rien à foutre, murmura Alex, comme se parlant à lui-même.

– Il avait peut-être consommé une drogue qui l'insensibilisait à la douleur ?

– Euh… les gars ?

Les regards se tournèrent vers le coin de la pièce. Thom était accroupi, les bras enroulés autour des genoux.

– Ah putain, Thom… j'avais oublié que tu étais là. Merde. Euh, tu sais, le mec que j'ai frappé tout à l'heure… c'était… c'était de la légitime défense. C'était une ordure. C'était lui ou nous, il a essayé de…

– C'était un monstre, renchérit Emma.

– Ouais, peut-être même un zombie ! tenta Mathis.

– Non… c'est pas ça. C'est pas un monstre.
– Hein ? Qu'est-ce que tu racontes ? demanda Alex.
– Ben, c'est pas un monstre. Je le connais.

Toutes Les Nouvelles

édition du 18 octobre

Rubrique Urbanisme

Bientôt un multiplex à Saint-André !

Avis aux cinéphiles : un nouveau complexe de douze salles, dont deux dédiées à la 3D, va bientôt voir le jour dans le quartier de la Palissade. Véritable "*locomotive pour l'attractivité du centre-ville*", selon les mots du maire Gérald Savoy, le lieu comptera aussi deux restaurants et sera accompagné d'un parking de 300 places. Dix millions d'euros de fonds privés seront investis par le conglomérat Titan Corp dans la construction de ce lieu hors norme. Le coup d'envoi du chantier devrait être donné dans les prochaines semaines, et débutera par la démolition du centre d'accueil "Un abri pour la nuit". "*La politique de la ville en matière d'emploi et de construction de logements sociaux a été un tel succès ces dernières années que ce refuge pour sans-abri n'est aujourd'hui plus nécessaire. Je mets au défi quiconque de me trouver un seul sans domicile fixe dans les rues de Saint-André*", a déclaré M. le maire pour répondre aux critiques de l'opposition. Rendez-vous est donné dans deux ans aux amateurs de salles obscures pour l'inauguration du multiplex !

5

Pour une raison que personne n'avait jamais réussi à comprendre, Thom était fasciné par les engins de chantier. Tandis que ses camarades décoraient les murs de leurs chambres de posters de musiciens, de personnages de mangas ou de sportifs, lui collectionnait les images de tractopelles, de bulldozers et d'autres engins d'excavation. Il avait même créé un compte Instagram dédié à sa passion. Lorsqu'il croisait une machine qu'il jugeait digne d'intérêt, il la postait en l'accompagnant de quelques mots clés sur la marque ou le type d'engin. Il publiait aussi souvent que possible, malgré un succès plus que modeste auprès de son cercle d'amis.

Les occasions de croiser des pelleteuses à Saint-André n'étaient pas particulièrement fréquentes mais, heureusement pour sa curieuse passion, l'oncle de Thom exerçait dans le bâtiment. Un peu plus âgé que son père, tonton

Émile avait quitté les études très tôt. Il avait commencé à travailler dès la fin de l'adolescence, et était parvenu à gravir les échelons jusqu'à obtenir un poste de chef de chantier dans une entreprise de la région. Il semblait toujours heureux d'accueillir son neveu sur son lieu de travail après la sortie du collège, et le laissait observer les engins pendant des heures. Lorsque le planning le permettait, il prenait le temps de lui expliquer le rôle des différents corps de métiers et, surtout, les caractéristiques techniques des machines.

Ces temps-ci, son entreprise menait un important chantier en périphérie de Saint-André. C'était encore le début du projet, et les ouvriers s'affairaient à creuser un vaste trou pour couler les fondations du bâtiment à venir. Derrière la palissade de tôle blanc et vert qui protégeait les lieux, Alex, Emma, Mathis et Thom se tenaient côte à côte. Ils s'étaient donné rendez-vous directement après les cours, et avaient encore leurs sacs de classe sur le dos. Les quatre jeunes gens observaient le ballet des ouvriers à travers le portail grillagé.

Les visages étaient crispés. Les adolescents s'étaient peu parlé depuis la confrontation de l'avant-veille, mais les images étaient encore fraîches dans leurs mémoires. Sous la gigantesque grue qui surplombait le chantier, la lumière oblique de la fin d'après-midi faisait courir des reflets dorés sur les capots orange des engins.

– Mais tu es sûr qu'il bosse là, le mec ? demanda Mathis.

– Je sais pas s'il travaille sur ce chantier, mais je sais que c'est un collègue de mon oncle, et mon oncle, il travaille ici, répondit Thom.

Il se tenait très droit malgré l'énorme sac qui renfermait ses cahiers et livres de la journée.

– Et tu le vois quelque part ?

Thom ne répondit pas. Son visage était fermé. Emma posa la main sur son épaule.

– Tu sais, ce qui s'est passé avant-hier… Ce n'est pas facile, ce que tu as vécu. C'est normal que tu sois en état de choc.

Le collégien leva les yeux vers l'amie de son frère. Elle avait parlé doucement, juste assez fort pour faire entendre sa voix par-dessus le ronflement des moteurs diesels.

– Qu'est-ce que tu veux dire, Emma ?

– Elle veut dire que t'es en train de perdre la boule, tête de nœud, intervint Alex en attrapant son petit frère par la nuque.

– Laisse-moi tranquille ! Je sais ce que j'ai vu. C'était lui, c'était Mano. J'en suis sûr à 100 %. Je l'ai vu plein de fois, c'est lui qui s'occupe de couler le béton.

– Mec, je dis pas que tu hallucines, mais pourquoi est-ce que le zombie…

– C'était pas un zombie, Mathis ! Y a pas de zombie ! Lâche l'affaire au bout d'un moment !

– C'est clair, tu es pénible à force !

– Bon, d'accord, d'accord. Si vous voulez c'est pas un zombie. Mais c'est hyper chelou, ton histoire : qu'est-ce que le collègue de votre oncle foutrait à courser les gens dans le sous-sol de la Marbrerie ? Genre, la journée il coule du béton et la nuit il fait le psycho ?

– J'en sais rien, concéda Thom. Mais je sais que c'est lui.

– Mais il faisait super sombre, comment tu as pu reconnaître quoi que ce soit ?

– Je sais, c'est tout. Je m'en fiche que vous me croyiez ou pas, se renfrogna Thom.

– Eh, les gars… vous retournez pas tout de suite. La Clio bleue, au coin de la rue… lança Alex d'une voix tendue.

– Devant la boulangerie ?

– Tu fais chier, Mathis, je t'ai dit de pas te retourner. Mais ouais, celle-là.

– Ben quoi, qu'est-ce qu'elle a ?

– Laisse-moi deviner, intervint Emma : c'est la voiture de police banalisée qui t'a pris en filature hier sur le chemin de la Marbrerie.

– Ouais… je viens de la repérer, ils ont dû nous suivre ici.

– Ça m'étonnerait en effet qu'il s'agisse d'une coïncidence…

Un vacarme métallique mit brusquement fin à ce dialogue, provoquant un sursaut chez les quatre adolescents :

c'était le bruit d'une main tapant contre la porte grillagée du chantier.

– Salut Thom, salut Alex ! Eh ben, les petits gars, qu'est-ce que vous faites là ? C'est sympa de venir me voir ! Restez pas plantés, entrez.

Pris dans leur conversation, ils n'avaient pas vu l'oncle Émile s'approcher d'eux. Il les salua d'un ton jovial et saisit une clé sur le trousseau qui pendait à la ceinture de son pantalon de travail, puis déverrouilla l'imposant cadenas du portail.

– Fallait me dire que vous me rameniez du monde, j'aurais mis une cravate, s'exclama-t-il avec un éclat de rire. Après vous, mademoiselle, fit-il en mimant une révérence. Dis donc, Alex, elle est charmante ta petite amie, ajouta-t-il à voix basse avec un clin d'œil à l'intention de son neveu.

– Hein ? Qu'est-ce que… non ! Mais n'importe quoi, balbutia le lycéen tandis qu'Emma faisait de son mieux pour faire croire qu'elle n'avait rien entendu.

– Venez, suivez-moi… Faites gaffe à vos baskets, c'est dégueulasse ici.

Le chantier formait un vaste quadrilatère organisé autour d'un gigantesque trou. Une pente inclinée creusée à même les parois de terre permettait aux engins d'en atteindre le fond. Là, en contrebas, dans un chaos de cris, de chocs et de vibrations, les fondations de quelque chose étaient en train d'être bâties. Des rangées de pylônes émergeaient de terre, aux extrémités desquels pointaient des câbles d'acier. Dans cette forêt de béton, les ouvriers qui s'affairaient ressemblaient à un peuple de minuscules créatures cohabitant paisiblement avec un troupeau d'animaux mécaniques dont les dents de métal mordaient la terre voracement. Dans un coin du terrain, une enfilade de préfabriqués abritait les baraquements de l'équipe. Tout en surveillant les allées et venues des travailleurs, saluant certains d'entre eux d'un geste de la main, tonton Émile conduisit les adolescents le long d'un chemin boueux jusqu'à l'un des bâtiments. Il y pénétra puis ressortit avec quatre casques de chantier jaune vif et les leur distribua.

– Alors, qu'est-ce qui me vaut le plaisir ?

Depuis qu'il avait traversé la puberté, peu d'adultes rivalisaient avec la taille et la carrure d'Alex. L'oncle Émile faisait partie de ceux-là : c'était un véritable colosse qui dominait son neveu d'une bonne tête. Son large torse, engoncé dans une chemise dont les manches étaient retroussées, menaçait de faire craquer les boutons à tout instant. À côté de lui, Mathis, qui peinait à fourrer ses dreadlocks dans son casque, avait l'allure d'un petit garçon. Alex prit la parole d'un ton hésitant :

– Eh ben, en fait on cherche un de tes collègues. Un mec qui bosse avec toi sur les chantiers… Mano ? Tu travailles toujours avec lui ?

Émile releva un sourcil broussailleux et dévisagea son neveu un moment.

– Mano ? Qu'est-ce que vous lui voulez, à Mano ? Vous avez du béton armé à couler ? Eh ben dis donc, ça a bien changé, l'Éducation nationale. De mon temps, c'était pas comme ça, les devoirs…

Alex regretta instantanément d'avoir pris la parole. Comment expliquer à son oncle ce qu'ils avaient traversé ? Et que pouvait-il lui raconter exactement ? Il avait peur, s'il en disait trop, qu'il ne le croie pas, ou – pire – qu'il en parle à son père. Pourquoi s'était-il laissé embarquer dans cette histoire par son petit frère ? Il baissa les yeux et essaya de poser le contexte. Il fit un effort pour se concentrer. Il n'avait jamais été très doué à l'oral.

– Ben, en fait, c'est avant-hier. On est sortis et je crois que… enfin, on croit qu'on a peut-être croisé ton collègue. Mano. C'était dans la zone industrielle. Il était un peu tard et il faisait sombre, et…

– C'est *sûr* que c'était lui, intervint Thom.

– Ouais, Thom dit qu'il l'a reconnu… enfin voilà, et donc après c'est un peu parti en couille… Et puis on peut pas aller voir la police, parce qu'avec la police non plus ça s'est pas très bien passé…

Alex remarqua qu'il perdait de l'assurance au fur et à mesure de ses explications. Avec chaque syllabe, son filet de voix se faisait de plus en plus aigu, comme s'il muait une seconde fois. Il aurait préféré qu'Emma, ou même Mathis, explique la situation. Au fond des poches de son jean, ses poings s'étaient serrés instinctivement. Ses articulations étaient encore endolories des efforts de l'avant-veille.

– Du coup, on voulait savoir si vous avez vu Mano sur le chantier, expliqua Mathis.

Émile dévisagea les adolescents et se passa la main sur le menton.

– Je vois…

Il considéra le chantier quelques instants, puis se tourna en direction d'une pelle mécanique et appela d'une voix qui surprit Mathis par sa puissance :

– Arnaud ? Eh, Arnaud ! Arnaud, viens voir, s'il te plaît. Tu as déjà vu Thom, non ? C'est mon neveu. Tu peux l'emmener dans le Caterpillar ? Tu lui montres la cabine et tout ça… Ah ! Et, Arnaud ? Fais gaffe, il touche sa bille, mon neveu, il y a moyen qu'il t'apprenne deux-trois bricoles !

Tandis que Thom emboîtait le pas à l'ouvrier, ravi, Émile s'adressa aux trois lycéens, la mine soudain très sérieuse.

– Vous trois, vous venez avec moi. Faut qu'on discute.

Trois chaises. Un, deux, trois. Huit tasses à café. Un, deux, trois, quatre. Un, deux, trois, quatre. Neuf barreaux à la fenêtre. Un, deux, trois, quatre. Un, deux, trois quatre. Un. Emma prit une longue inspiration et fit un effort pour cesser de compter. Elle était parvenue à se défaire presque complètement de cette habitude depuis la puberté, mais cela lui arrivait encore parfois dans les situations de stress. Et elle était très, *très* stressée depuis deux jours.

Elle se détacha des détails et étudia la pièce dans son ensemble. L'intérieur du bungalow de chantier était spartiate : une petite table en plastique, quelques chaises, et un minuscule plan de travail sur lequel trônaient un four à micro-ondes et une cafetière.

Emma prit conscience du bruit. L'isolation phonique était pratiquement inexistante dans le préfabriqué, et l'air était chargé d'un tapis sonore mêlant vrombissements de moteurs, cris assourdis et percussions des marteaux-piqueurs. C'était supportable, mais ça ne s'arrêtait jamais. Elle se demanda si les dortoirs des ouvriers étaient mieux isolés. *Probablement pas*, pensa-t-elle.

L'oncle Émile était en train d'installer un filtre neuf. Dans cet espace exigu, sa carrure semblait encore plus imposante. *Comme un ours dans sa cage*, se dit Emma. Étrangement, elle ne se sentait pas intimidée par cet inconnu. Au contraire, sous ses airs bourrus, il y avait quelque chose chez cet homme de profondément rassurant qui tenait dans la délicatesse de ses mouvements et la douceur de sa voix.

Il s'adressa à Mathis.

– Toi, tu t'appelles… ?

– Mathis, m'sieur.

Émile émit deux reniflements sonores et observa, à voix basse :

– Dis donc, Mathis, tu ne trouves pas que ça sent le shit ici ?

L'adolescent rougit subitement et commença à balbutier un semblant d'explication, avant que son interlocuteur lui adresse un clin d'œil complice et se tourne vers Emma.

– Et toi, c'est… ?

– Emma.

– Bon, désolé pour la déco, Emma, c'est mes gars… c'est un peu des bourrins. Et on reçoit rarement du monde.

Il fit un vague mouvement vers les murs où de vieux posters arrachés à des magazines offraient une galerie de mannequins dénudés allant de la simple photo topless à des scènes carrément pornographiques.

– Eh ben dis donc, vous en tirez, une gueule ! Bon, si je comprends bien, vous vous êtes fourrés dans un sacré merdier, analysa-t-il en mettant l'eau à chauffer.

– Ben en fait c'est pas vraiment notre faute, tenta Alex timidement.

– Ah bon ? fit-il en feignant la surprise. Ah, mais alors si c'est pas votre faute c'est différent ! Ça change tout ! Écoute, tu sais quoi, Alex ? Je veux même pas le savoir. Vous êtes pratiquement des adultes. Vous êtes bien assez grands pour savoir ce que vous faites. À votre âge, tout le monde en fait, des conneries. Moi le premier, ajouta-t-il pensivement.

Emma l'observa un instant. Quelques détails créditaient cette thèse, comme les tatouages à l'encre bleu délavé qui dépassaient des manches de sa chemise, ou une longue cicatrice qui courait sur le côté de son crâne. Avec le casque, impossible de savoir jusqu'où elle remontait.

– Écoutez, si vous vous êtes vraiment foutus dans la merde, moi, j'ai un seul conseil à vous donner...

L'oncle Émile marqua une pause et posa un paquet de sucre et des petites cuillers sur la table en plastique. Quatre petites cuillers. Un, deux, trois, quatre. Il servit quatre tasses de café noir. Un, deux, trois, quatre.

– ... c'est d'aller voir la police.

Il se tut de nouveau, les dévisageant tour à tour. Puis, soudain, son visage s'ouvrit sur un large sourire et il partit d'un rire tonitruant. C'était un rire grave, puissant, aux hoquets rebondissants et joyeux. C'était contagieux. Malgré l'anxiété, les adolescents se surprirent à pouffer avec lui.

– Bon, mais sérieusement, poursuivit Émile en regagnant son calme : moi, je te demande une seule chose, Alex. C'est de laisser ton petit frère en dehors de tout ça.

Dehors, la nuit était tombée. Le chantier était maintenant éclairé par de puissants spots montés sur de gigantesques pylônes disposés aux quatre coins du terrain. À travers les barreaux de la fenêtre du bungalow, on apercevait au loin la silhouette de Thom dans la cabine d'une tractopelle. Au milieu des machines et des ouvriers, il avait l'air particulièrement fragile. Un petit enfant perdu dans un monde brutal et dangereux.

– Il a pas l'âge d'être embarqué dans vos conneries. Alors fais-moi plaisir et laisse-le tranquille, Alex. Surtout qu'entre nous, il est beaucoup moins con que toi.

Émile se tourna vers Emma :

– Elle aussi d'ailleurs, elle a l'air plus maligne que toi.

Il dévisagea Mathis pensivement.

– Lui, par contre…

– Mais wesh ? J'ai rien dit même ! se défendit l'adolescent, interloqué.

– Lui, il a l'air con à bêcher de la flotte, termina-t-il, pensif.

– Alors, est-ce que vous pouvez nous aider ? Vous avez vu Mano ces derniers jours ? interrogea Emma.

Une ombre passa sur le visage de l'oncle Émile.

– Non. Non, je ne l'ai pas vu ces derniers jours, le Mano, lâcha-t-il. En fait, je ne l'ai pas vu depuis un bon moment.

Il se tint devant la fenêtre et but une gorgée de café silencieusement. Il était difficile de savoir s'il surveillait le chantier ou si son regard était perdu dans le vague.

– Je leur avais dit, à mes gars, de pas leur parler, expliqua-t-il. Un chantier comme ça, ça attire toujours plein de monde. Il y a des curieux qui ont rien à foutre de leurs journées et qui viennent regarder ce qui se passe, il y a des mecs qui viennent voir si y a pas moyen de tirer un peu de matos, il y a des gens qui veulent faire des rencontres… Vous savez quoi, il y a même des fils de putes qui vérifient si y a pas des sans-papiers à dénoncer aux flics.

L'oncle Émile émit un grondement sourd.

– Bref. Ce coup-ci, c'était encore autre chose. Il y a, quoi, un mois à peu près, je me suis aperçu qu'il y avait un van qui stationnait en face du site. Blanc. Ça m'a pris un peu de temps pour le calculer, parce que des camtars blancs, on va pas se mentir que c'est pas ça qui manque. Mais en général, ils ont des tags, ou ils sont un peu défoncés. Celui-là, il était clean. Brillant. L'air de sortir du lavage. En plus, il était garé là tous les jours. Toujours à la même place. Et puis, dans le van, il y avait deux mecs. Genre, costard-cravate, petites lunettes… des looks de banquiers, quoi. Bizarre, non ? Qu'est-ce que ces mecs viennent foutre devant mon terrain ?

– Bizarre, acquiesça Emma.

Oubliant qu'elle n'avait jamais bu de café de sa vie, elle porta la tasse à ses lèvres et manqua recracher le breuvage : c'était environ mille fois trop amer.

– Ouais. Bizarre, reprit Émile. Sauf que moi j'ai pas que ça à foutre, donc je surveille de loin mais je laisse pisser. Ça dure comme ça peut-être une semaine, et un matin, j'arrive et je vois un attroupement à l'entrée de mon chantier. Il y a une demi-douzaine de mes gars en rang d'oignons, et devant eux, les deux pingouins sont en train de les baratiner ! Bon, là, je m'énerve un coup, je leur dis de foutre le camp…

Emma essaya de visualiser la scène, et se demanda à quoi pouvait ressembler ce géant de près de deux mètres lorsqu'il "s'énervait un coup".

– Une fois que les Blues Brothers ont décampé, je suis allé voir mes zèbres et je leur ai demandé de m'expliquer le bordel…

– C'est quoi les Blues Brothers ? chuchota Mathis à Emma.

– Je t'expliquerai, répondit-elle pour le faire taire sans quitter Émile des yeux.

– Bref, les mecs me racontent que les Men in Black sont allés voir certains d'entre eux, qu'ils leur ont dit qu'ils avaient “étudié leurs profils” et qu’ils étaient “éligibles à une opportunité de développement personnel”. Ils leur ont donné cinq cents euros en cash à chacun et leur ont fait comprendre qu’il y en avait plus d’où ça venait.

– Et après, qu’est-ce qui s’est passé ? demanda Alex.

– Bah, j’ai dit à mes gars ma façon de penser. Que si je les chopais à discuter avec les deux connards, c’était mort pour leurs contrats. Que c’était pour leur sécurité. Que des mecs en costards qui viennent avec du cash pour racoler des ouvriers sur les chantiers, ça pue la merde. Que s’ils avaient des problèmes de thunes, on pouvait toujours s’arranger. Ils ont compris. Enfin, presque tous.

– Tous sauf Mano, souffla Emma.

– Ouais. Tous sauf Mano, ouais.

La lycéenne reprit une gorgée de café. Tout compte fait, ce n’était pas si mauvais que ça. L’oncle Émile observait toujours le chantier par la fenêtre, tournant le dos aux adolescents.

– Je l’aimais bien, le Mano. C’était un mec à problèmes, mais je l’aimais bien. Pas de famille, pas de copains, à part la bande de connards avec qui il jouait au poker… des problèmes de fric… Bref. Un matin, il prend pas son poste. Je vérifie le planning, j’attends une heure, deux heures. Je le vois toujours pas venir. Je demande à Arnaud, et il me dit que la veille au soir, il l'a vu monter dans le van. Depuis, plus de Mano. Fin de l'histoire. C'était il y a deux semaines.

– Et est-ce qu'il s'est déjà montré… agressif ? demanda Emma.

– Non, c'est pas un bagarreur. Jamais d'embrouille ici, en tout cas. Je sais pas dans quel merdier il a été se foutre, mais…

Émile se retourna vers les trois amis.

– Si vous le croisez, vous pourrez lui dire qu'il est toujours le bienvenu ici, d'accord ? Je poserai pas de questions.

Au fond de ses yeux bleus, Emma lut quelque chose qui ressemblait à de la tristesse.

– Putain, mais vous êtes cons ou quoi ?

Affalé sur le canapé de la chambre d'Alex, Mathis fulminait. La balle en caoutchouc anti-stress avec laquelle il jouait nerveusement ne parvenait visiblement pas à apaiser son irritation. Juste au-dessus de sa tête, on apercevait dehors la lune presque pleine percer l'obscurité à travers la seule lucarne de la pièce.

– Qu'est-ce qui te prend, Mathis ? Ça va pas bien ou quoi ?

– Ouais, on dirait qu'il a envie de s'en prendre une, avertit Alex d'un ton las.

Les visages étaient tendus. Après avoir pris congé de l'oncle Émile et arraché Thom à sa séance de pelleteuse, les lycéens étaient rentrés directement chez Alex. Dans le bus, ils s'étaient peu parlé. Ils avaient répondu évasivement aux questions du collégien lorsqu'il leur avait demandé ce que l'enquête avait donné. Mathis reprit son fil de questionnement, le timbre de sa voix trahissant la fatigue et l'anxiété :

– Pourquoi vous avez pas dit la vérité à Émile ? *Toute* la vérité, je veux dire ? Que le mec, il nous a coursés pendant des plombes ? Qu'il arrivait à lancer des bails de deux tonnes à mains nues ? Comment il s'est empalé dans les putains de barbelés ?

Les adolescents se dévisagèrent un instant, mal à l'aise.

– Khhhhhh… khhhhhh… khhhhhh, ajouta Mathis en agitant les bras d'un air accusateur.

– Oui, on aurait peut-être dû lui parler de tout ça, concéda Emma. Mais je ne suis pas certaine qu'il aurait cru à notre histoire. Et puis, tu l'as vu comme nous : il a l'air de tenir à Mano. Je ne sais pas s'il aurait bien réagi si on lui avait raconté la scène qu'on a vécue avant-hier.

– Ouais, je me voyais pas lui parler de tout ça, approuva Alex. En tout cas, c'est vrai, ce que mon oncle a dit, faut qu'on fasse gaffe à…

Il ne termina pas sa phrase, mais désigna discrètement Thom d'un mouvement de menton. Ce dernier avait exhumé de sa chambre une panoplie de détective dont il était en train de sortir les éléments, pièce par pièce. Il y avait un kit pour relever les empreintes, un calepin de moleskine, une fausse pipe, une loupe géante, des sachets en plastique pour les pièces à conviction, une moustache factice pour les filatures... Malgré les événements de l'avant-veille, le jeune garçon ne semblait étrangement pas traumatisé.

– Bah, comme vous voulez, mais du coup, on fait quoi ? reprit Mathis à voix basse. Vous seriez pas chauds pour, genre... retourner voir la police ?

Alex lui lança un regard noir.

– Mec, je me suis évadé du commissariat... Qu'est-ce que tu crois qu'il va se passer si je me pointe là-bas ?

Les yeux d'Alex étaient cernés. À l'évidence, il manquait de sommeil.

– Ouais, il vaut peut-être mieux pas que je fasse le malin non plus avec cette histoire de tags...

Mathis se tourna vers Emma, la sondant d'un regard interrogatif.

– Euh, pardon ?! Vous êtes sérieux ? Je vous rappelle que j'ai utilisé mon portable pour usurper l'identité de l'assistante du maire et entraver une enquête pour meurtre. Et d'ailleurs...

– Et d'ailleurs, quoi ? demanda Mathis.

– Plus j'y réfléchis et plus je me dis que quelque chose cloche. Alex, tu disais que tu avais réussi à semer la voiture de police sur le chemin de la Marbrerie ?

– T'inquiète, je les ai niqués.

– Justement, c'est ça qui m'inquiète. C'est trop facile. Comme l'évasion d'Alex.

– L'évasion d'Alex, c'était facile parce qu'on est les best, lança Mathis avec assurance.

– Vous ne trouvez pas ça étrange que le commissaire ait laissé Alex sans surveillance dans un bureau avec une fenêtre ouverte ? Et pourquoi est-ce qu'ils ne sont pas venus faire une perquisition ici, alors qu'ils connaissent l'adresse ? Pourquoi est-ce qu'ils n'ont pas arrêté Alex devant le chantier, tout à l'heure ? Pourquoi est-ce qu'ils avaient disparu quand on est ressortis après avoir parlé à Émile ? Ça donne l'impression qu'ils nous observent de loin sans intervenir…

– Mais quel intérêt ils auraient à faire ça ?

– Excellente question ! Je n'ai pas la réponse, mais ça ne me dit rien qui vaille… D'autant plus que je n'ai toujours vu aucun article dans la presse sur la découverte des cadavres. Après plusieurs jours, c'est étrange, non ? Une affaire pareille, ça devrait faire la une des journaux télévisés. C'est comme si la police avait gardé l'affaire secrète sciemment. Comme si ça arrangeait les autorités de camoufler ces cadavres tout en gardant sous le coude un suspect idéal au cas où ils feraient surface. Alphonse Guts, un coupable qui n'existe qu'à moitié.

– Ah ouais, Emma a tourné complotiste maintenant. On aura tout vu, ricana Alex.

– Ouais, enfin en attendant, je vous rappelle tout de même qu'on a failli se faire caner, intervint Mathis d'une voix empreinte d'inquiétude.

– Soyons méthodiques. La première question à se poser pour percer le mystère, c'est : qu'est-ce que Mano faisait à la Marbrerie, et pourquoi il était dans cet état ? J'ai beau retourner le problème dans tous les sens, je ne comprends pas.

Emma enroulait nerveusement sa longue tresse noire autour de son index, le visage crispé par la concentration. Elle n'avait pas l'habitude qu'un problème lui résiste ; en tout cas, pas aussi longtemps. En temps normal, se confronter à une telle énigme lui aurait beaucoup plu ; mais aujourd'hui, l'enjeu était trop grand. Elle se sentait impuissante, et ce sentiment la mettait mal à l'aise. Il fallait qu'elle fasse mieux.

– D'après ce qu'a dit ton oncle, Alex, on pourrait penser que Mano avait des problèmes personnels. Peut-être des dettes de jeu ? Est-ce qu'il aurait pu consommer une substance qui l'aurait rendu agressif et décuplé ses forces ? Ça existe, les drogues qui font ça ?

– Eh mais pourquoi tu me regardes comme ça ? s'indigna Mathis. J'en sais rien, moi, je suis pas le Wikipédia de la came !

– Et cette histoire de van blanc ? C'est une bonne piste, non ? intervint Alex.

– Oui, il y a sans doute un rapport, admit Emma. Mais des vans blancs, il doit y en avoir des centaines à Saint-André… Et tant qu'on ne sait pas ce qui s'est passé, on ne peut pas disculper Alphonse Guts. Du point de vue de la police, c'est toujours le suspect numéro un jusqu'à preuve du contraire…

À ces mots, Alex s'enfonça dans le canapé en gémissant.

– Mais au fait, j'y pense : pourquoi rien n'est sorti dans la presse sur cette affaire ? Tu fais ton stage dans un journal, Mathis, non ? Ça ne les intéresserait pas d'enquêter là-dessus ?

– *Toutes Les Nouvelles ?* Euh, leur truc, c'est pas vraiment le journalisme d'investigation, tu sais…

– Mais toi, tu ne pourrais pas faire un article sur la Marbrerie, le van et tout ça ?

– Bah, c'est chaud… Déjà ils m'ont mis à la rubrique Culture, et en plus ils gardent pratiquement rien de ce que j'écris… J'ai fait une critique sur le nouveau son de Mika du Bloc, comme quoi c'était un énorme banger avec des punchs de taré et des instrus de bâtard, et ils ont niqué mon papier… Ça ressemble plus à rien, ils ont tout récrit comme des bouffons.

– Ah oui, on n'est pas encore au Pulitzer, quoi, intervint Emma.

– Le quoi ?

Emma ouvrit la bouche pour répondre à Mathis lorsque leur discussion fut interrompue :

– Les gars ? Vous aviez vu, pour le tatouage ?

Tout à leur discussion, les trois lycéens avaient plus ou moins oublié la présence de Thom, qui était penché sur le bureau de son grand frère, examinant minutieusement les quatre clichés de la police à l'aide de son énorme loupe.

– Arrête de mater ça, putain ! C'est des trucs d'adultes, c'est pas pour les gamins, s'indigna Alex en bondissant pour lui arracher les photos des mains.

– Ah ouais, et depuis quand t'es un adulte, toi, d'abord ?

– Tu lâches ça, je te dis ! C'est pas tes affaires !

– Laisse-moi tranquille !

Dans l'empoignade qui s'ensuivit, Thom réussit à se dégager pour diriger l'attention de son frère sur les photos.

– Lâche-moi ! Regarde, là ! Juste ici !

Alex changea instantanément d'attitude, desserrant son poing du col de son frère qui en profita pour s'échapper.

– Emma… Mathis… venez voir ! Merde…

Ils se regroupèrent autour de la loupe grossissante qu'Alex braquait sur un endroit précis de la photo. Le détail était minuscule. Là, à la base de la nuque d'un des cadavres démembrés, entre les deux omoplates, un mot était inscrit en lettres noires sur la chair pâle : "SERVUS".

– Fais voir les autres, pressa Mathis.

Alex dirigea la lentille sur les autres cadavres à la recherche d'indices similaires. La tâche était ardue : les corps se chevauchaient, et l'angle ne permettait pas toujours de distinguer la nuque. Après quelques tâtonnements, leurs regards convergèrent et ils poussèrent un cri simultanément. Une deuxième victime portait la même inscription. "SERVUS". Quelques minutes plus tard, l'examen attentif des quatre photos leur permit de comprendre que le tatouage était présent sur chacun des corps mutilés dont la nuque était visible.

– Mais… ils ont tous la même marque ? Qu'est-ce que ça veut dire ? demanda Emma d'une voix blanche.

– Ça veut dire "esclave" en latin, répondit Mathis.

Quelques secondes s'écoulèrent.

– Ben, quoi ? Qu'est-ce que j'ai dit ? Pourquoi tu me regardes comme ça ?

– Non, rien, rien, répondit Emma. Juste, je ne m'attendais pas à ce que…

– Ah ouais, je vois. Bah, désolé d'avoir une énorme culture générale, hein. Dis-lui, Alex, que je suis une brute en latin. *Veni vidi vici*, frérot. *Asinus asinum fricat*, tu vois ce que je veux dire ? Eh, Alex, ça va ? T'es tout pâle…

– C'est que…

Alex se laissa tomber dans sa chaise de bureau. Il semblait en proie à une profonde angoisse.

– Dans les vestiaires…

Un frisson glacé traversa l'épine dorsale d'Emma. Elle avait compris une fraction de seconde avant qu'il ne termine sa phrase.

– Il y a un mec, Baptiste, il va à la même salle de muscu que moi. Dans les vestiaires, j'ai vu… il a exactement le même tatouage !

Toutes Les Nouvelles
édition du 17 octobre
Rubrique Culture

Un nouvel opus haut en couleurs pour Mika du Bloc

Les amateurs de musique hip-hop et autres cultures urbaines vont être comblés : l'inénarrable Mika du Bloc vient de sortir *7.62*, son troisième album studio. Fidèle à sa réputation, le jeune rappeur ne fait pas dans la dentelle, bien au contraire. Attention toutefois : les compositions, tout comme les paroles, sont à réserver à un public averti ! Les auditeurs de Mika salueront sans nul doute des textes engagés, mais gageons que certaines thématiques ne seront pas du goût de tous… à commencer par les forces de l'ordre, qui ne sont pas épargnées par les "punchlines" du compositeur au fil des morceaux.

6

– Euh, mollo peut-être sur la tise quand même, non ?

Avec la mine d'un enfant pris la main dans le sac de bonbons, Alex reposa le rhum sur la table basse.

– Ben quoi ? C'est pour me remettre du choc…

Emma s'empara de la bouteille dont elle revissa le bouchon en dévisageant son ami, un sourcil relevé.

– Ton excuse, ça marcherait si tu étais un boomer de soixante-deux ans qui commande un cognac au bar de l'hôtel parce qu'il s'est fait voler son téléphone. Je te connais : si tu commences à boire du rhum, dans un quart d'heure tu retires ton t-shirt et tu fais des prises de catch sur Mathis. On n'a pas le temps pour ça. Il faut qu'on se concentre un minimum.

– Ouais, concentre-toi, gros, approuva Mathis en soufflant la fumée de son joint.

Les trois lycéens étaient désormais seuls dans le petit grenier. Un savant mélange de diplomatie de la part d'Emma et de menaces de la part d'Alex avait convaincu Thom d'aller se coucher ; Mathis avait administré le coup de grâce en lui promettant de lui offrir le dernier tome de *Fondation* d'Isaac Asimov le lendemain. L'air grave, ils considéraient les implications du nouvel indice qu'ils avaient découvert sur les photos de la police judiciaire.

– Tu peux arrêter deux secondes avec ton pied, Mathis ? Ça fait câbler, ton truc, au bout d'un moment…

Surpris, l'adolescent s'aperçut qu'il était en train de secouer son pied nerveusement, et il stoppa le va-et-vient. C'était un mouvement sec, nerveux qui partait du genou. Comme un réflexe, un tic. Quand avait-il commencé ? Il ne savait plus. Il prit en même temps conscience qu'il avait légèrement du mal à respirer. Un poids pesait sur sa poitrine, comme si quelqu'un s'était assis sur lui. Son quotidien était celui d'un ado lambda. Ses plus grosses conneries l'exposaient généralement, au maximum, à une engueulade de ses parents ou à quelques heures de colle. Jusqu'à cette semaine, il n'avait jamais réellement craint pour sa vie, ou pour celle de ses amis.

Il dormait mal depuis deux nuits, son sommeil peuplé de cauchemars dans lesquels il était prisonnier d'un dédale souterrain, poursuivi par l'homme au bleu de travail. Dans ses rêves, c'était lui qui percutait la barrière de barbelés et sentait des lambeaux de peau se détacher de son visage, les pointes acérées pénétrant dans sa chair, crevant ses yeux… Il se réveillait en sueur, hanté par ces images. Mathis n'avait pas l'habitude d'être soumis à une telle angoisse.

Oui, il était fatigué et, ce soir, après les dernières révélations des photos, il avait senti son champ de vision rétrécir. Les cloisons du grenier se refermer autour de lui. Il se pensait au bord d'une crise d'angoisse aiguë. Est-ce que son cœur battait plus vite que d'habitude ? Ou est-ce qu'il faisait simplement un *bad trip* ? Il considéra le joint sur lequel il était en train de tirer et essaya de se souvenir de la quantité de shit qu'il avait utilisée. Sa réflexion fut interrompue par les conjectures de ses amis.

– Qu'est-ce que ça peut être, ce tatouage ? Un genre de secte ? demanda Alex.

– Pfff, une secte, n'importe quoi !

– Non, ce n'est pas idiot, intervint Emma. Ça arrive souvent, des affaires de cultes bizarroïdes qui se terminent par des suicides collectifs. C'est peut-être ça qui s'est passé ? Un suicide de masse ?

– Mais qu'est-ce que Mano viendrait foutre là-dedans ?

– Peut-être qu'il venait vérifier que les disciples s'étaient bien donné la mort ? Peut-être qu'il est endoctriné lui aussi et que c'est ce qui le rend agressif ? Il pourrait être sous l'influence de quelqu'un ?

Le visage d'Alex s'illumina :

– Et les fils de putes dans le van blanc, ça serait les gourous de la secte ?

– J'imagine plutôt un chauve habillé avec une grande toge blanche que deux hommes en costume trois-pièces, mais pourquoi pas. C'est une piste.

Alex attrapa la bouteille devant lui et se servit un généreux verre de rhum. Confronté au regard désapprobateur de son amie, il se défendit :

– C'est pour célébrer, quoi…

– Oui, enfin, la secte, ça n'est qu'une hypothèse… et ça ne nous dit pas ce qu'on fait.

– Ni comment empêcher Baptiste de se faire caner, ajouta Mathis d'un ton inquiet.

Un silence pesant s'abattit sur la pièce. Ses deux amis savaient qu'il avait raison : selon toute logique, la présence du tatouage à la base de sa nuque le désignait comme une victime potentielle. Alex éclusa son verre d'une traite, puis proposa d'une voix hésitante :

– Ben… on pourrait le prévenir ?

– Oui, ou au moins lui demander ce qui l'a poussé à se faire tatouer ce mot à cet endroit. Mais qui est-ce qui va lui parler ?

Les trois lycéens se dévisagèrent en silence. L'affaire du tatouage était délicate : en discuter avec le principal intéressé allait demander une certaine proximité. Or, la situation recouvrait un problème plus large : Alex, Emma et Mathis ne figuraient pas exactement parmi les élèves les plus sociables du lycée. C'était, en réalité, l'exact inverse. Ils ne parlaient qu'en de rares occasions aux élèves de leur propre classe de première… et Baptiste, qui avait un an de plus qu'eux, était déjà en terminale. Emma attrapa sur la table le verre qu'Alex venait de se resservir, en but une gorgée et s'adressa à lui :

– Si vous fréquentez la même salle de sport, tu pourrais lui parler, non ?

– Bof… On traîne pas trop ensemble, en vrai, admit-il d'un ton dépité, lorgnant le verre. En plus…

Mathis l'encouragea à terminer sa phrase :

– En plus… ?

– Bah, en plus on s'est un peu embrouillés une fois parce qu'il avait pas essuyé le banc de muscu après s'en être servi et…

– Et… ?

– Et j'ai failli lui en coller une, quoi, avoua Alex, penaud.

Mathis poussa un long soupir, puis se tourna vers Emma :

– Et au fait, Baptiste, il fait pas son stage au Technocentre, comme toi ?

– Si, c'est vrai, reconnut-elle. Mais pas dans le même service. Lui, il est au département informatique, et moi…

– Ouais, on sait, on sait… toi, tu es dans ton labo de recherche, et tu fais des photocopies toute la journée.

– Voilà. À vrai dire, on ne s'est jamais vraiment adressé la parole…

Et pour cause : le Technocentre, principal vivier d'emplois de Saint-André depuis son implantation dans la ville, était aussi l'un des principaux pourvoyeurs de stages pour les lycéens. Pour Baptiste, Emma n'était qu'un visage parmi d'autres. Mais alors, quel angle trouver pour lui parler d'un sujet aussi délicat ?

Soudain, Mathis, qui était vautré dans le canapé, se releva d'un coup.

– Mais putain, je sais ! Agathe !

– Hein ? Quoi, Agathe ? Je ne vois pas ce qu'Agathe vient faire là-dedans, s'agaça Emma d'un ton sec.

– Mais oui, c'est vrai ! Ça me fait mal au cul, mais bien obligé de reconnaître que ce con de Mathis a raison, abonda Alex.

– Je suis un génie, estima Mathis.

Ignorant son ami, Alex poursuivit :

– Baptiste a un crush sur Agathe, la moitié du lycée le sait ! Cet idiot a raconté ça à Quentin qui l'a répété à tout le monde : la preuve, même moi je suis au courant.

Les deux garçons se tournèrent vers Emma :

– Désolé, meuf… il faut que tu lui demandes de nous aider, c'est la seule solution.

La jeune fille termina le verre de rhum d'une traite, le reposa sur la petite table et se prit la tête dans les mains, murmurant quelques mots que personne n'entendit.

Le lendemain matin à la première heure, Alex et Mathis accompagnèrent Emma jusqu'au quartier où habitait Agathe, avant les cours. Le soleil n'était pas encore levé lorsqu'ils lui souhaitèrent bonne chance et allèrent l'attendre dans un petit parc au bout de la rue. Arrivée devant la porte, Emma sentit une grosse boule se former dans sa gorge au moment d'appuyer sur la sonnette. Elle hésita une seconde, prit une longue inspiration, puis pressa le bouton d'un coup sec. Elle recula d'un pas et jeta un coup d'œil nerveux aux environs. Six volets. Un, deux, trois, quatre, un, deux. Douze tulipes. Un, deux, trois, quatre. Un, deux, trois, quatre. Un, deux…

La porte s'ouvrit et une femme apparut dans le cadre. Elle resta interdite quelques instants en apercevant la lycéenne, écarquillant les yeux avant de finalement lui adresser la parole.

– Emma ? Quelle… quelle surprise !

– Bonjour madame Romanova, vos fleurs sont très jolies cette année. Est-ce qu'Agathe est là ?

– Euh, oui, elle est… elle est en train de se préparer pour le lycée, répondit-elle en l'invitant à entrer. Tu peux monter la voir à l'étage. Elle sait que tu es venue la voir ?

– Mmmh, répondit vaguement Emma en montant les escaliers quatre à quatre.

Dans la chambre de la lycéenne, des étagères étaient remplies de bocaux regorgeant de cristaux multicolores. Des affiches ornaient pratiquement toute la surface disponible sur les murs. À l'exception d'un large tableau des phases de la Lune, toutes représentaient des groupes de chanteuses coréennes. Certaines étaient dédicacées au feutre noir. Emma, qu'Agathe avait fait asseoir sur un *bean bag* rouge, désigna un des posters :

– Tu n'écoutes plus Taylor Swift ?

– Plus trop, en ce moment, répondit Agathe avec une moue. Écoute… je n'ai pas l'impression que tu sois venue me voir chez moi avant les cours pour discuter de K-pop, ajouta-t-elle en enfilant de grandes boucles d'oreilles dorées devant son miroir.

Elle sembla satisfaite du résultat, puis se retourna vers Emma en glissant derrière son oreille gauche la mèche rouge qui ornait sa chevelure blonde.

– Tu peux me dire ce que tu veux, s'il te plaît ?

– Tu as raison. J'ai… j'ai besoin de ton aide.

– *Tu* as besoin de mon aide ?

– Oui, enfin je veux dire… *on* a besoin de ton aide.

– Et “on”, j'imagine que c'est… commença Agathe, laissant sa phrase en suspens.

– Alex et Mathis, admit Emma.

– Évidemment, ricana-t-elle, goguenarde. Je mets le blanc ou le noir ? ajouta-t-elle en agitant deux pulls sur des cintres.

– Le blanc. Mais attends, je vais t'expliquer…

Emma se lança dans un récit édulcoré des événements des derniers jours. Comme dans la version qui avait été donnée à l'oncle Émile, elle omit les détails les plus choquants, comme les photos de cadavres démembrés ou l'homme agonisant dans le sous-sol de la Marbrerie. La course-poursuite avec l'homme en bleu de travail se transforma en une simple altercation. Elle révéla le fait que le groupe soupçonnait qu'une secte opérait dans la région, et que Baptiste faisait peut-être partie de ses adeptes. Agathe l'écoutait attentivement en organisant dans son sac les cahiers et classeurs de la journée.

– C'est pour ça qu'on a besoin de ton aide, conclut Emma. Il t'aime bien, et on s'est dit que tu pourrais peut-être lui parler… Il faudrait simplement que tu obtiennes des détails sur le tatouage qu'il porte à la base de la nuque.

– Je vois, lâcha Agathe en détournant le regard.

Au bout de la rue, Alex et Mathis étaient assis sur une table de ping-pong en béton depuis laquelle ils avaient observé Emma entrer dans la résidence. Les capuches de leurs doudounes étaient relevées et Mathis soufflait dans ses mains rougies par la rigueur matinale. Il s'adressa à Alex en continuant à fixer la porte du pavillon où leur amie se trouvait depuis une dizaine de minutes.

– Mais pourquoi elles sont en embrouille en fait, avec Agathe ?

– Elle t'a jamais raconté ?

– Non. Je sais juste que ça date d'il y a super longtemps.

– De base elles étaient amies d'enfance, expliqua Alex. Genre inséparables, hyper fusionnelles. Quasiment des sœurs. Jusqu'à la cinquième.

– Juste avant qu'on devienne potes avec elle, alors ?

– Exact. À ce moment-là, Agathe s'est mise à traîner avec un nouveau groupe de meufs, et c'est là que ça a commencé à déraper. Ses nouvelles copines, Chloé et Laetitia, elles s'appelaient, c'était l'inverse d'Emma…

– Comment ça, l'inverse d'Emma ?

– Bah, le genre à calculer les gens en fonction de leur nombre de followers sur Insta. Maquillage, shopping… des mini-influenceuses, quoi. Elles détestaient Emma, ça les rendait ouf qu'Agathe continue à traîner avec elle. Donc elles ont commencé à s'en prendre à elle.

– Merde ! Comment ça ?

Alex lâcha un ricanement sec. Le vent fit bruisser les arbres autour d'eux, et quelques feuilles ocre passèrent à leurs pieds, emportées par une bourrasque.

– À ton avis, comment une bande de collégiennes fait pour pourrir la vie de quelqu'un ? Elles ont fait des groupes privés sur les réseaux pour se foutre de sa gueule, elles ont fait circuler des rumeurs…

– Putain, Emma s'est fait harceler au collège ? Je savais pas…

– Normal, ça a pas duré longtemps. Elle a laissé pisser quelques semaines, et quand ça l'a vraiment gonflée, elle a contre-attaqué. Sale. Elle a commencé par pirater le système informatique du collège pour changer la moyenne de Chloé dans toutes les matières. Il paraît qu'ils ont été obligés de faire venir un informaticien du ministère pour réparer le bordel. Il a mis des jours à trouver une solution. Mec, elle lui avait mis des notes *négatives*.

Mathis laissa échapper un sifflement admiratif.

– Mais attends, elle s'est pas arrêtée là. Deux jours après, elle a infiltré la boîte mail du daron de Laetitia. Apparemment il avait un truc avec une meuf de son taf. Emma a envoyé des *screenshots* des messages à sa mère, bref ses parents ont divorcé le mois d'après…

– Ah ouais, elle a pas fait les choses à moitié, quoi.

– Clairement pas.

– C'est bizarre, j'ai aucun souvenir des deux meufs. Chloé et Laetitia.

– Normal, elles ont fini par changer de collège.

– Et Agathe ? Elle lui a fait quoi ?

– Rien. Agathe, elle l'a laissée tranquille. Mais elle ne lui a jamais vraiment pardonné de se ranger du côté des deux autres.

Alex cracha par terre, signifiant que la conversation était close. Mathis remonta la fermeture éclair de son blouson, fouilla dans sa poche et consulta son portable.

– Putain, il est déjà moins vingt ! Qu'est-ce qu'elle fout, on va être à la bourre pour le lycée…

À cet instant précis, comme pour lui donner tort, la porte du pavillon s'ouvrit, laissant apparaître Agathe et Emma. Depuis la fenêtre de la cuisine, la mère d'Agathe les regarda s'éloigner, l'air soucieux. Les deux lycéennes remontèrent la rue et passèrent devant le parc où les garçons les attendaient. Mathis lança un regard interrogatif à Emma alors que les deux jeunes filles arrivaient à leur hauteur. Elle lui adressa discrètement un pouce en l'air tandis qu'Agathe leur lança :

– Alors les garçons, vous venez ou vous campez ici ?

Poursuivant sa route à grandes enjambées sans leur lancer un regard, elle ajouta :

– On n’a pas la journée. On a une secte à démanteler, jusqu’à preuve du contraire.

Alex et Mathis sautèrent de la table de ping-pong et rejoignirent les filles à petites foulées.

– C’est vrai, Agathe ? Tu vas nous aider ?

– Possible, répondit l’adolescente… du moment que les conditions négociées avec Emma sont respectées.

– Bien sûr, s’enthousiasma Mathis. Tout ce que tu veux !

– Euh, attends…

– En cas de réussite de l’opération, Agathe veut que vous vous fassiez les ongles. Ne vous inquiétez pas, elle m’a montré le vernis qu’elle a choisi, je pense que les paillettes vous iront remarquablement bien…

Pour la forme, Mathis et Alex firent mine de s’étrangler à cette idée. Malgré leurs simagrées, le chemin du lycée se déroula dans une relative bonne humeur. La présence d’une nouvelle alliée remontait le moral du groupe, et Emma, un large sourire aux lèvres, semblait soulagée d’un énorme poids.

– Au fait, c’est quoi ton signe du zodiaque, Alex ? Je suis sûre que tu es Poissons !

– Euh, pas vraiment, je suis Taureau, je crois. C’est mon frère qui est Poissons.

– Ah oui, ça ne m’étonne pas du tout ! D’ailleurs Emma est Gémeaux, et les Taureaux s’entendent bien avec les Gémeaux. Il faudra trop que je te fasse ton thème astral.

– Ah mais moi je suis carrément chaud ! intervint Mathis. Je suis Bélier, si jamais tu te demandais.

Particulièrement volubile, il enchaîna sur ses exploits des derniers jours tandis qu'Agathe l'écoutait d'une oreille distraite en vérifiant les raccords de son maquillage dans son miroir de poche.

– Eh, Agathe ! Emma t'a raconté comment on a libéré Alex du commissariat ?

– Mmmh, non, je ne suis pas rentrée dans tous les détails pour le moment, le coupa Emma en le fusillant du regard.

– Et le van ? Elle t'a raconté le coup du van ? Eh, Agathe, tu m'écoutes ?

– Le van blanc avec les deux hommes en costume noir, tu veux dire ? répondit-elle d'un ton distant.

Emma se figea :

– Co… comment est-ce que tu sais ça ? Je ne t'en ai pas parlé !

– Continue à marcher, répondit Agathe sans quitter des yeux son miroir. Je le sais parce qu'ils nous suivent depuis qu'on a quitté ma maison.

Dans les rues de Saint-André, les premiers rayons du soleil venaient se poser sur les capots des voitures garées le long du trottoir, scintillant sur les plaques de givre qui recouvraient les parebrises. Le groupe de lycéens arpentait les rues, chacun luttant contre son envie de se retourner.

– J'entends toujours le moteur derrière. Ils ont tourné à gauche comme nous, nota Alex. Je dirais qu'ils nous suivent à une cinquantaine de mètres à peu près. À mon avis, ils ne savent pas qu'on les a repérés.

– Vous pensez que c'est eux ? Les mecs dont ton oncle avait parlé ? demanda Mathis nerveusement.

– Je ne vois pas d'autre explication, analysa Emma. Les vans blancs, ça court les rues, mais la description des deux hommes correspond…

– Hum… excusez-moi, je ne voudrais surtout pas vous interrompre, mais est-ce que ça vous dérangerait de m'expliquer ? Emma, tu viens me voir après environ mille ans sans m'adresser la parole pour me demander de vous aider, toi et tes potes George et Ringo, et dix secondes après je me fais prendre en filature ? Si je suis sur le point de me faire enlever par un réseau de traite d'êtres humains, j'aimerais bien savoir pourquoi !

– Mais on s'appelle pas George et Ringo, on s'appelle Mathis et…

– Je t'expliquerai plus tard, Mathis, coupa Emma. Tu as raison, Agathe, je ne t'ai pas donné tous les éléments… Je te promets de te dire toute la vérité. Mais pour le moment, l'urgence est de les semer.

– J'ai une idée, proposa Alex. Suivez-moi, OK ? Continuez à marcher exactement à la même vitesse. Faut pas qu'ils captent qu'on se doute de quelque chose.

Bifurquant du chemin du lycée, il tourna à gauche en direction du centre-ville. Le panorama changea petit à petit d'un paysage pavillonnaire à un environnement plus dense. Les immeubles étaient plus hauts, les rues plus larges. Ils traversèrent le mail qui accueillait le marché les samedis. En semaine, il était désert, mais les érables qui bordaient la place offraient au regard un nuancier ocre saisissant. D'ordinaire, Emma aimait plutôt l'ambiance de cette partie de la ville au petit matin : les rues appartenaient aux collégiens et aux lycéens prenant le chemin de l'école, aux joggers et aux riverains qui promenaient leurs chiens. Aujourd'hui, c'était différent. L'atmosphère était pesante. Lourde. Les quatre adolescents parlaient peu, concentrés sur le bruit du diesel derrière eux. Dix minutes plus tard, ils arrivèrent dans l'artère commerçante de Saint-André. À cette heure, la plupart des boutiques étaient encore fermées.

– Qu'est-ce qu'on fout ici ? demanda Agathe. Tu nous emmènes faire du shopping, Alex ? Si c'est pour un relooking, je veux bien essayer de t'aider, mais on part de loin…

– Non. Je crois que je commence à comprendre, dit Emma avec un sourire. Tu vois la boucherie, là-bas ? C'est celle de son père.

Au-dessus du petit commerce, fermé lui aussi, un panneau indiquait “Boucherie-Charcuterie – Roussel et fils” en lettres blanches sur fond rouge.

– Oui, et il y a deux entrées, abonda Alex en sortant une clé de la poche de son jean pour déverrouiller le rideau de fer de la boutique. Une ici, et une à l’arrière pour la marchandise.

Il laissa ses amis pénétrer dans l’établissement, entra à son tour, puis abaissa le rideau métallique derrière lui et le verrouilla de nouveau. À l’intérieur, tout était calme. L’obscurité était presque totale, le jour ne filtrait que par de minuscules interstices entre les lames du volet roulant. Cela faisait des petits points de lumière sur les carreaux de faïence rouges et blancs qui recouvraient le sol. Derrière les vitres de plexiglas, les présentoirs de la boucherie étaient encore vides. Alex passa derrière le comptoir, chercha dans son trousseau et produisit une seconde clé, avec laquelle il ouvrit une porte au fond du magasin.

– Faut passer par là pour sortir de l’autre côté, expliqua-t-il. Désolé, Emma, je sais que t’es végé…

Les néons de la chambre froide s’allumèrent en crépitant. Contre les murs de carrelage blanc, des pièces de viande et des volailles entières étaient posées à même des étagères d’acier inoxydable. Des chapelets de saucisses rouge foncé débordaient d’écuelles métalliques. Une série de barres de fer traversaient le plafond de part en part. Des carcasses d'animaux y étaient suspendues par de solides crochets. Sous l'éclairage cru, les zébrures blanches qui couraient le long des côtes des bêtes avaient un air inquiétant. Emma ne put réprimer un frisson.

– Essayez de rien toucher. Normalement faut être en tenue pour entrer ici, avertit Alex.

Dans cet espace exigu, sa voix résonna avec un écho étrange. Il poussa légèrement le portail à double battant qui donnait sur l'extérieur, et jeta un coup d'œil dehors.

– C'est bon, la voie est libre, indiqua-t-il.

Le groupe s'apprêtait à sortir lorsque la voix de Mathis s'éleva :

– Alex ? Eh Alex, c'est quoi cette porte ?

Elles étaient presque invisibles, mais elles se trouvaient bien là : deux rainures verticales dans l'un des murs de la pièce, entre deux étagères, indiquaient la présence d'une ouverture. Lorsqu'on les avait décelées, on pouvait également voir un petit trou qui faisait probablement office de serrure.

– Ah, ça ? C'est la remise. Y a que mon père qui y va. Bon, vous venez ?

– Mais… pourquoi y a du bruit derrière ?

Alex marqua une pause avant de répondre :

– Du bruit dans la remise ? T'es pas bien, Mathis ? Tu fumes au réveil maintenant ?

– Non, il a raison, intervint Agathe. Ça couine. Il y a quoi, derrière ?

Le groupe se tut de nouveau, et le silence envahit la pièce, troublé par le grésillement des néons. Puis un bruit presque inaudible parvint jusqu'à eux. En tendant l'oreille et en retenant sa respiration, on pouvait l'entendre derrière la cloison : c'était un son aigu et irrégulier, comme une plainte.

– Qu'est-ce que c'est que ce bordel, grommela Alex en essayant successivement différentes clés de son trousseau dans la serrure, sans succès.

– Alex, il y a *quoi* dans cette pièce ? demanda Emma d'un ton pressant.

– Ah, attendez, je crois que je sais où il la garde. Je reviens, mais ensuite il va falloir qu'on se magne, dit-il en disparaissant dans la boutique.

Quelques instants plus tard, il reparut, brandissant une petite clé cuivrée qu'il s'empressa d'essayer. Il y eut un cliquetis mécanique, puis la porte s'ouvrit avec un grincement sur un étroit escalier de bois qui descendait dans les profondeurs. Alex s'y engagea, suivi d'Emma et des autres. Après une volée de marches, ils atteignirent une pièce plongée dans la pénombre. Une odeur fauve prit Emma à la gorge lorsqu'elle pénétra dans la remise. Le sol était en terre battue. Elle tâtonna instinctivement sur le mur à sa droite et trouva un interrupteur, qu'elle actionna.

Une ampoule pendue au plafond jeta une faible lumière jaune dans la petite pièce. Emma ne put réprimer un cri.

Elle vit d'abord les yeux. Des dizaines de paires d'yeux qui la fixaient craintivement. Face à elle, le mur du fond était rempli de cages, du sol au plafond. Des chats et des chiens y étaient enfermés. Il y en avait de toutes les tailles et de tous les âges. Apeurés, les animaux étaient prostrés et presque tous tremblaient, manifestement terrifiés à la vue d'êtres humains. Ils étaient silencieux, à l'exception d'un border collie aux yeux tristes qui émettait des couinements plaintifs. Au second coup d'œil, Emma constata avec horreur que certains étaient amputés d'une ou plusieurs pattes.

Dans un coin de la pièce, de grands couteaux aux lames souillées reposaient sur un petit plan de travail en granit sombre. Juste à côté, au sol, on apercevait au fond d'un seau en fer cabossé des viscères et des touffes de poils poisseuses de sang.

Des dépouilles étaient suspendues à des clous plantés à même la cloison. L'espace d'une seconde, Emma tenta de se persuader que c'étaient des lapins. Elle sut instantanément que c'était faux. Elle accusa le coup un instant, incrédule, puis, reprenant ses esprits, se tourna rageusement vers Alex.

– Connard ! *Connard*, hurla-t-elle avant de le bousculer pour remonter les escaliers quatre à quatre.

– Emma, attends ! Je savais pas !

– Mec... c'est chaud, lâcha Mathis d'une voix blanche.

Il emboîta le pas à Emma, aussitôt suivi d'Agathe, qui jeta un regard de dégoût à Alex avant de s'enfuir.

Les larmes coulaient déjà le long des joues d'Emma lorsqu'elle atteignit la double porte qui conduisait dehors. En la poussant d'un violent coup d'épaule, aspirant une bouffée d'air frais, elle entendit les éclats de voix d'Alex résonner depuis les tréfonds de la remise :

– Les gars ! Je savais pas ! Je vous jure que je savais pas !

Toutes Les Nouvelles
édition du 19 octobre
Rubrique Santé

La santé mentale des jeunes, on en parle ?

Le moral de nos chères têtes blondes est toujours en berne ! Selon la dernière enquête de l'Observatoire du bien-être des jeunes, la santé mentale des 11-24 ans est de plus en plus dégradée. Mal-être, troubles de l'humeur et symptômes anxio-dépressifs marquent une forte hausse. Selon cette étude, la tendance est tout particulièrement préoccupante chez les 15-18 ans… d'autant plus qu'elle s'accompagne, sur cette même tranche d'âge, d'une hausse de la consommation d'alcool et de produits psychotropes. Alors, la faute à qui ?

Et s'il fallait chercher du côté des petits écrans ? Interrogée par *Toutes Les Nouvelles*, le Dr Caroline Dubreuil, psychologue pour enfants et adolescents, déclare : "*Il serait peut-être temps de commencer à se préoccuper d'un sujet tabou : les jeux vidéo ! Personne ou presque n'en parle, et pourtant, certains jeux ultra violents mettent des idées noires dans la tête de nos jeunes, en plus de les abrutir !"*

Alors, à quand une régulation plus stricte d'un secteur à la dérive ?

7

Dire que la salle de permanence du lycée Guy-de-Maupassant n'était pas le lieu le plus confortable de l'établissement relevait au mieux d'un euphémisme pudique, au pire d'un mensonge éhonté. Les larges baies vitrées, qui semblaient dater de la construction du bâtiment au lendemain de la Seconde Guerre mondiale, étaient affreusement vétustes et laissaient passer les courants d'air. Le problème était aggravé par le fait que la mise en route du chauffage au fioul, processus dont la complexité relevait apparemment d'une branche particulièrement avancée d'ingénierie mécanique, n'était généralement déclenchée qu'à l'approche des vacances de février dans le meilleur des cas. Certains soupçonnaient que le directeur retardait au maximum ce moment pour de sordides considérations budgétaires. En attendant, les élèves se contentaient de garder leurs manteaux.

La décoration constituait un autre problème de l'endroit. Le mur du fond était agrémenté d'une fresque monumentale – ou, plus précisément, du début d'une fresque monumentale. Les mots "Toujours plus", dont le contour avait été tracé à la peinture jaune en lettres stylisées, en couvraient la partie gauche. Le projet avait été entamé par une classe de terminale l'année du Covid. Avec le confinement, la fresque avait été abandonnée avant qu'ils aient pu terminer l'inscription. Personne n'avait voulu reprendre le flambeau après le départ des élèves responsables. Maintenant, plusieurs années après, tout le monde avait oublié la fin de la phrase.

Malgré tout, la salle de perm' était prisée de la plupart des lycéens en raison de l'atmosphère de liberté qui y régnait. La consigne affichée de tolérance zéro avec les téléphones portables était appliquée avec une bonne dose de laxisme par les surveillants, qui étaient eux-mêmes généralement scotchés à leur écran. La seule règle tacite était de ne pas écouter de musique à un volume trop élevé ; pour le reste, chacun faisait bien ce qu'il voulait.

Assis dans le fond de la salle à sa place habituelle, Mathis faisait son possible pour engager la conversation avec Emma. La tâche était complexe : décontenancée par les événements du matin, elle était d'humeur exécrable et s'était murée dans un mutisme opiniâtre. Il était presque seize heures, et les mots qu'elle avait prononcés se comptaient sur les doigts d'une main.

– Tu penses qu'Agathe va quand même nous aider ? tenta-t-il.

– Je n'en sais rien, grommela-t-elle, le visage fermé.

– Tu penses que c'était vraiment eux, dans le van ? Les mecs dont l'oncle Émile a parlé ? tenta-t-il sans obtenir de réponse. On aurait peut-être dû noter la plaque, ajouta-t-il.

– La plaque, c'était Foxtrot Whisky 610 Zulu X-ray. Mais qu'est-ce que tu veux qu'on en fasse, exactement ? répondit-elle d'un ton acerbe.

Mathis considéra la question et, ne trouvant pas de réponse valable, changea de sujet de conversation. Il faisait du mieux qu'il pouvait pour éviter de parler d'Alex, qui n'était pas venu en cours de la journée.

Comme si elle avait lu dans ses pensées, Emma le regarda droit dans les yeux et lui lança d'un ton sec :

– Et ça ne te dérange pas, toi, ce qu'on a vu ce matin à la boucherie ?

– Hein ? Euh… si, bien sûr…

– Ton pote torture des animaux, et toi, tu t'en moques, c'est ça ?

– Ben, c'est ton pote aussi, quand même, et puis… il a dit qu'il était pas au courant !

– Et tu y crois, toi ?

– Bah, je sais pas… j'espère…

Il y avait beaucoup de choses à critiquer au sujet du caractère d'Alex, mais Mathis ne l'imaginait pas s'en prendre à des animaux. Vraiment pas.

– Mais alors, quoi ? Ce serait son père qui serait responsable ? Pourquoi il fait ça ? Et est-ce que tu penses qu'il y a un rapport avec l'inconnu de la Marbrerie, la secte et tout le reste ?

– Tu arrives à voir le tatouage, d'ici ? demanda Mathis, soucieux de changer de sujet de conversation.

Quelques rangées devant eux, Baptiste était en train de travailler sur un devoir de géométrie.

– Non.

– Moi non plus. Je crois qu'il est plus bas. Sous son pull.

Alors qu'il terminait sa phrase, Mathis poussa du coude sa voisine et désigna la porte du menton. Agathe apparut, retira ses écouteurs et traversa la salle en leur lançant un discret clin d'œil. En la suivant du regard tandis qu'elle rejoignait la table où Baptiste travaillait, Mathis se fit la réflexion qu'elle se déplaçait avec une certaine grâce naturelle.

– Excuse-moi, ça te dérange si je m'installe ici ? demanda-t-elle au garçon assis à côté de Baptiste en poussant ses affaires du revers du bras.

Interloqué, ce dernier se leva et Agathe prit la place sur la chaise libérée, avant de se tourner vers Baptiste, un large sourire aux lèvres. Garçon réservé, celui-ci parlait rarement à ses camarades du lycée – et encore moins aux filles. Il avait observé l'arrivée d'Agathe, les yeux écarquillés et la bouche entrouverte, comme si un vaisseau extraterrestre venait d'atterrir à côté de lui.

Sitôt assise, Agathe engagea la conversation. Quelques rangées derrière eux, Mathis et Emma ne parvenaient à en capter que des bribes. Les détails n'étaient pas nécessaires pour comprendre la dynamique de l'échange : après quelques phrases, Agathe partit dans un grand éclat de rire en posant sa main sur l'avant-bras de Baptiste. Elle ne la retira pas tout de suite.

– Elle est forte, reconnut Emma à voix basse.

– Ouais, enfin je trouve qu'elle en fait peut-être quand même un peu beaucoup…

Emma se contenta de soupirer en guise de réponse.

Devant eux, la conversation allait bon train. Agathe fit mine de s'intéresser au devoir de géométrie de Baptiste, se rapprochant de lui au passage. Elle parlait beaucoup et riait encore plus. Son interlocuteur, troublé, semblait vivre un rêve éveillé. Soudain, elle posa une question qui parut susciter chez lui de l'incompréhension.

– Ça y est, je crois qu'elle lui parle du tatouage, souffla Emma.

La discussion était de plus en plus animée. Agathe se leva, passa derrière Baptiste et tira son pull au niveau du col pour prendre une photo. Puis elle lui montra le résultat sur l'écran de son téléphone. Il sembla abasourdi par l'image, lâchant un "Hein ?!" sonore, puis fixant l'écran pendant une bonne trentaine de secondes sans rien dire.

Le dialogue reprit à voix basse. La dynamique avait changé imperceptiblement : les échanges étaient moins fluides, plus tendus. Le regard perdu, Baptiste semblait se confier. Agathe l'écoutait attentivement. Elle ne riait plus.

– Qu'est-ce qui se passe ? demanda Emma.

– Je crois qu'il y a un truc qui cloche, répondit Mathis en fronçant les sourcils.

Il ne remarqua pas immédiatement que la main gauche de Baptiste s'était refermée autour de son compas. Il n'en prit conscience, en réalité, que lorsqu'il entendit quelqu'un, quelque part dans la salle de permanence, hurler.

– Putain, mais il fait quoi, lui ?

À cet instant, il était déjà trop tard.

Baptiste était debout, le bras dressé, prêt à frapper. Les deux premiers coups s'abattirent en une fraction de seconde. Un de chaque côté de la tête.

Mathis vit une gerbe de sang jaillir du visage de Baptiste et asperger le pull blanc d'Agathe.

Le lycéen venait de se crever les yeux.

Les secondes qui suivirent furent marquées par une extrême confusion. Le garçon dont Agathe avait pris la place poussa le premier hurlement d'épouvante. Un cri bref, perçant. Rapidement, d'autres l'imitèrent dans un concert de terreur. Un sentiment d'effroi collectif emplit la pièce tandis qu'une marée humaine se ruait vers les deux portes de la salle en renversant tables et chaises sur son passage. Certains restèrent figés sur place, incapables de réagir face au drame qui se déroulait devant eux. Au fond de la permanence, Yannick, le surveillant, avait bégayé quelques mots incompréhensibles, puis s'était réfugié sous son bureau. Dans l'encadrure de la porte, la silhouette du proviseur du lycée se dessina brièvement. Il porta sa main à sa bouche, et disparut aussitôt.

Quelques élèves esquissèrent un mouvement pour maîtriser Baptiste. C'était peine perdue : avec une détermination hors du commun, le lycéen continuait à s'acharner sur son propre visage, multipliant les coups de compas. Comme possédé, il frappait de toutes ses forces. Rageusement. À chaque coup, l'instrument s'enfonçait de plusieurs centimètres dans ses orbites. Par-dessus les cris d'horreur et le fracas des bureaux renversés, le bruit humide de la pointe de métal fouillant dans les chairs se faisait entendre distinctement.

Face à lui, Agathe n'avait pas bougé d'un centimètre. La bouche à demi ouverte, elle semblait ne pas comprendre ce qui se passait.

– Baptiste ? Mais Baptiste qu'est-ce que tu fais ? demanda-t-elle doucement.

De fines gouttelettes de sang maculaient son visage et ses cheveux.

Incapable de réagir, Mathis, qui s'était levé de sa chaise, apercevait le côté droit du visage de Baptiste. De larges sillons de sang roulaient le long de sa joue, leur débit augmentant à chaque fois que le garçon plantait la longue tige à travers ses paupières déchiquetées.

Un cri d'Emma libéra Mathis de son hébétude.

– Mathis ! Empêche-le ! Il va se tuer !

Il enjamba les bureaux qui le séparaient de Baptiste et bondit sur lui de tout son poids pour le plaquer. Tandis que les deux garçons tombaient au sol, Mathis entendit un bruit métallique retentir à quelques mètres. *Pourvu qu'il ait lâché son arme*, pensa-t-il en ceinturant son adversaire. Après un roulé-boulé sur le linoléum, il parvint à se positionner à califourchon sur lui. Il jeta un coup d'œil à sa main droite : vide. À quelques mètres, Emma, qui avait traversé la pièce un instant après lui, donna un coup de pied au compas ensanglanté pour l'éloigner. *Sauvé.*

Lorsque Mathis baissa le regard, maintenant fermement les bras de Baptiste contre le sol, il manqua s'évanouir. Son visage n'avait plus rien de reconnaissable, ou même d'humain. C'était une bouillie ensanglantée au milieu de laquelle s'enfonçaient deux trous béants, rouge cramoisi. De minuscules bulles se formaient à leur surface. Il ne restait plus des paupières que quelques lambeaux, et la pointe du compas avait arraché au niveau de l'arcade gauche un morceau de peau si large que l'on devinait l'os.

À l'extérieur de la pièce, des portes claquaient et des éclats de voix se faisaient entendre :

– Appelez une ambulance ! Appelez les pompiers !

Malgré ce vacarme, l'oreille de Mathis fut attirée par un bruit plus faible ; presque imperceptible. Entre les lèvres entrouvertes de Baptiste, dont le corps inanimé gisait sous lui, un son étrange se faisait entendre à chaque expiration :

– Khhhhhh… khhhhhh… khhhhhh…

Quelqu'un, quelque part, avait actionné l'alarme du lycée. Une sonnerie assourdissante retentissait dans l'établissement. Par-dessus le vacarme, Emma était obligée de crier pour se faire entendre :

– Agathe ! Agathe, il faut que tu te reprennes !

Elle avait saisi son amie par les épaules et essayait de capter son regard.

– Qu'est-ce qui se passe, Emma ? Je ne comprends pas… répondit-elle, les yeux perdus dans le vide.

Accroupi à côté de Baptiste, Mathis leur lança un regard affolé et dit d'une voix paniquée :

– Eh, Emma ! Qu'est-ce que je fais ? Il bouge plus ! Il perd plein de sang !

En effet, après avoir continué à agiter les bras pendant quelques secondes, Baptiste avait cessé de bouger, et son corps inanimé gisait désormais à même le sol.

– Tu as fait ta formation de secourisme, non ? Mets-le en position latérale de sécurité ! Dépêche-toi !

Pendant que le lycéen s'occupait de son camarade, Emma recommença à secouer Agathe.

– Eh ! Tu m'entends ? Qu'est-ce qu'il t'a dit ? Qu'est-ce qu'il t'a dit avant de devenir fou ?

– Je… je sais pas. Dis, tu crois que c'est… à cause de moi ? Qu'il a fait ça ?

– Hein ? Mais non, pas du tout !

À l'exception des trois lycéens, la salle de permanence était maintenant complètement vide. À l'extérieur, un nouveau son se fit entendre par-dessus les éclats de voix et la sonnerie stridente : la sirène d'un véhicule d'urgence. Ils remarquèrent que de vifs éclats de lumière traversaient les baies vitrées, saturant les murs de la pièce d'une teinte bleutée.

– Merde ! Des gyrophares… Qu'est-ce qu'on fait ? s'écria Mathis, paniqué.

– C'est peut-être les pompiers…

– Et si c'est les flics ? Si c'est ce connard de commissaire ?

– Tu as raison. On n'a pas le temps. Il faut qu'on file. Suis-moi, Agathe.

– Hein ? Mais vous allez où ?

– En lieu sûr. Fais-moi confiance, répondit Emma en l'entraînant dans le couloir.

Mathis se releva et jeta un dernier coup d'œil à la pièce. C'était une scène de cauchemar. Au milieu des tables et des chaises renversées, des sacs et des cahiers éparpillés, le corps de Baptiste était étendu dans une mare de sang. Autour de lui, dans toutes les directions, de larges traînées de gouttelettes rouge sombre avaient taché le sol, le mur du fond, la baie vitrée, et même le plafond. Sans qu'il sache pourquoi, son regard se porta sur une trousse Hello Kitty souillée : on aurait dit que le logo blanc pleurait une larme de sang.

– Tiens bon, mec… les secours vont pas tarder, murmura-t-il avant de quitter la pièce.

Il savait que Baptiste ne l'entendrait pas, mais cela lui fit du bien de le dire. Lorsqu'il sortit, le couloir était désert. Emma et Agathe ne l'avaient pas attendu. Cela n'était pas un problème : il savait par où elles étaient parties.

Datant de la fin du XXe siècle, le local informatique du lycée ressemblait davantage à un magasin d'antiquaire qu'à un fleuron technologique. Il recelait des appareils d'un autre temps qui auraient certainement fait la joie d'un collectionneur, mais qui n'avaient absolument aucun intérêt dans l'ère moderne. La plupart de ces ordinateurs encombrants attendaient d'ailleurs sagement dans leurs boîtes, qui n'avaient sans doute jamais été ouvertes depuis leur achat par l'administration. La petite salle n'était pourtant pas dépourvue d'intérêt. Quelques mois auparavant, Alex avait été chargé d'y rapporter un rétroprojecteur à la fin d'un cours d'histoire-géographie, et personne n'avait pensé à lui demander d'en rendre la clé. Il s'était aperçu à cette occasion que la fenêtre de la pièce donnait directement dans la rue, hors de l'enceinte du lycée. Le groupe avait pris l'habitude d'utiliser cet accès pour s'éclipser discrètement de l'établissement, ou pour y entrer après la fermeture de la grille d'entrée sans solliciter l'aide des surveillants.

Mathis fonça à travers les couloirs sans croiser âme qui vive. L'alarme, qui résonnait toujours à pleine puissance, avait dû faire son office : élèves et enseignants avaient certainement évacué le bâtiment pour se retrouver au point de ralliement, comme lors de l'exercice annuel. Il atteignit le local, qu'il traversa rapidement, puis enjamba la rambarde de la fenêtre et se réceptionna sur le trottoir qui bordait le lycée.

À l'extérieur, une fine pluie avait commencé à tomber. Mathis aperçut Agathe et Emma qui l'attendaient à quelques dizaines de mètres. Accroupie derrière une voiture stationnée le long du trottoir, cette dernière lui fit signe de la rejoindre, puis désigna l'entrée du lycée au bout de la rue. Un camion de pompiers, une ambulance et plusieurs véhicules de police occupaient la petite place qui donnait sur le portail d'accès. Une demi-douzaine de policiers en tenue anti-émeute patientaient nerveusement sur le trottoir, fusil en bandoulière. Devant eux, un homme en pardessus beige était engagé dans une discussion animée avec le proviseur du lycée.

– C'est lui ? demanda Emma.

– Ouais, je le reconnais ! C'est lui qui est sorti du commissariat l'autre jour, c'est ce fils de pute de Bonneau !

– C'est tant mieux qu'Alex ne soit pas venu au lycée aujourd'hui... Bon, on va prendre la rue dans l'autre sens. Viens avec nous, Agathe, on t'emmène à notre QG. On sera tranquilles.

Emma se mit en marche, mais s'arrêta après quelques mètres, s'apercevant que son amie n'avait pas bougé d'un centimètre. En se retournant, elle s'aperçut que son visage témoignait encore du traumatisme qu'elle venait de vivre.

– Agathe, viens ! On ne peut pas rester ici !

La jeune fille la fixa d'un regard noir.

– Ah bon ? On ne peut pas rester ici ? Et pourquoi ? Parce que vous êtes recherchés par la police ?!

– Non, on n'est pas… on n'est pas vraiment recherchés. Pas officiellement. Disons que c'est compliqué. On n'est pas en très bons termes avec le commissaire, et on risque de perdre du temps si on le croise…

– C'est ça, prends-moi pour une conne ! Tu ne m'as pas dit le quart de la moitié de la merde dans laquelle vous vous êtes foutus, et maintenant je suis complice de vos conneries !

– Mais pas du tout ! Ce n'est pas ce que tu crois…

– Mais je ne sais même pas ce que je crois ! Tout ce que je sais, c'est que depuis que tu es venue chez moi ce matin, je me suis fait prendre en filature, et qu'un mec que je connais à peine s'est crevé les yeux devant moi parce que tu m'as dit d'aller lui parler !

Agathe désigna son pull taché de sang pour appuyer ses propos. Emma ouvrit la bouche pour répondre, puis la referma.

– Donne-moi une seule raison de ne pas aller voir la police pour leur expliquer ce qui s'est passé !

– Parce qu'on n'a pas le temps ! Écoute, je n'ai pas encore compris exactement ce qui se passe, mais j'ai une certitude : si on n'arrive pas à arrêter les personnes qui sont responsables de ça, d'autres innocents vont mourir.

Mathis tenta d'intervenir :

– Écoute, c'est vrai… on n'a pas été cools avec toi. On est désolés. Viens avec nous et on te dit la vérité. Toute la vérité. Juré, promit-il d'une voix qui se voulait assurée.

Agathe jeta un coup d'œil au bout de la rue, où les policiers se préparaient à entrer dans l'enceinte du lycée, puis dévisagea Emma et Mathis.

– C'est d'accord, soupira-t-elle en se mettant en marche. Je vous laisse une dernière chance.

La pluie s'intensifia tandis que le groupe prenait la direction de la maison d'Alex. Ils constatèrent en marchant que l'affichage lumineux des arrêts de bus indiquait un message "Hors service".

– Le réseau a dû être interrompu à cause de ce qui s'est passé au lycée, analysa Emma.

Des rafales de vent emportaient les feuilles mortes en tourbillons autour d'eux. Le soleil n'allait pas tarder à se coucher et le froid commençait à se faire ressentir. Les poings serrés au fond des poches, Mathis observait les alentours en marchant : la piscine municipale, dont les travaux de réfection duraient depuis au moins deux ans, la médiathèque et sa façade de briques rouges, le skatepark… Ces lieux qu'il connaissait par cœur lui semblaient revêtir dans ces circonstances un aspect lugubre. Les rues étaient particulièrement désertes en cette fin de journée, et l'adolescent se prit à chercher autour de lui un visage familier. Il marqua soudain un arrêt :

– Eh, mais il est où, le Général ?

– Qui ça ? demanda Agathe.

– Le Général, c'est un sans-abri qui traîne toujours du côté du parking de la Poste, expliqua Emma. Je ne pense pas qu'il ait vraiment fait l'armée, mais il fait toujours un salut militaire quand on lui donne de la monnaie.

– Ouais. Il est cool, le Général, des fois il joue de l'harmonica. Mais ça fait un moment que je l'ai pas vu…

– Maintenant que vous le dites, je n'ai pas croisé de SDF depuis des semaines, intervint Agathe en fronçant les sourcils. Même quand je passe du côté de la gare.

Emma et Mathis échangèrent un regard furtif.

– Tu penses que ça a un rapport avec… commença ce dernier d'un ton interrogatif.

– Un rapport avec quoi ? s'impatienta Agathe. Vous allez m'expliquer ce qui se passe, à la fin ?

Emma prit une longue inspiration et commença à raconter à son amie les circonstances qui les avaient menés jusqu'ici, tandis que Mathis agrémentait le récit de détails complémentaires. La fausse carte d'identité, la convocation au commissariat, les photos des cadavres, la course-poursuite à la Marbrerie, les révélations de l'oncle Émile, l'épisode du tatouage… Cette fois, ils n'omirent aucun détail. Agathe les écoutait avec attention, les interrompant parfois pour leur poser des questions ou pour recouper certains éléments.

Le récit touchait à sa fin lorsque le groupe atteignit la maison d'Alex, devant laquelle était garée la camionnette de la boucherie familiale.

– Alors ? demanda enfin Emma, s'arrêtant devant le portail du jardin.

– Alors quoi ?

– Alors, tu comprends pourquoi on avait besoin de ton aide ?

Elle chercha ses mots un moment.

– Agathe, je sais que je n'ai pas été honnête avec toi ce matin. Je suis désolée de t'avoir embarquée dans cette histoire.

Elle baissa les yeux en présentant ses excuses, l'air sincèrement peinée.

– Je comprendrais si tu décidais de nous laisser ici.

– Non, je voudrais vous aider… si je peux. Je n'ai pas envie d'avoir fait tout ça pour rien.

– Cool ! Viens, c'est ici, dit Mathis en traversant le petit jardin et en poussant la porte d'entrée sans frapper, comme à son habitude, suivi de ses deux amis.

– Bienvenue chez l'écorcheur de chiens, grommela Emma en entrant.

Le groupe avait à peine franchi le seuil qu'un bruit de cavalcade se fit entendre dans l'escalier. Thom apparut, hors d'haleine. Le jeune garçon était manifestement bouleversé.

– Alex est pas avec vous ?! demanda-t-il d'une voix qui trahissait la panique. Il est où ? Il répond pas au téléphone et il paraît qu'il y a eu un attentat au lycée !

– Non, on ne l'a pas vu depuis ce matin… Mais t'inquiète, il n'était pas au lycée, le rassura Mathis. D'ailleurs, c'était pas un attentat. Pas vraiment.

– Mais il est où, alors ? Il est pas à la boucherie non plus. Mon père a appelé tout à l'heure, il était furieux. Il disait qu'Alex avait fait de la merde, là-bas.

Emma l'interrompit :

– Attends… qu'est-ce que ton père a dit, exactement ?

– J'ai pas bien compris… un truc comme quoi il aurait laissé des cages ouvertes ? Je sais pas de quoi il parlait, il arrêtait pas de crier.

Emma se tut une seconde et énonça lentement, réfléchissant à haute voix :

– Mais alors, si Alex a libéré les animaux… il disait vrai, ce matin ? Il n'était pas au courant de ce qui se passait dans la cave ?

Une expression de soulagement passa sur son visage. Agathe interrompit son fil de pensée :

– Euh, excusez-moi, mais est-ce qu'il y a moyen que je me change ? Je suis trempée et j'ai du… j'ai le…

Elle dévisagea Thom et lança un regard anxieux à Emma avant de terminer sa phrase.

– Le truc avec… Baptiste.

Elle voulait manifestement épargner au jeune garçon le récit de la mutilation brutale dont ils avaient été témoins, mais son pull blanc était en effet toujours souillé de larges éclaboussures de sang, qui avaient maintenant pris une teinte sombre, presque noire.

– Bien sûr ! Monte au dernier étage, c'est la chambre d'Alex. Regarde dans les placards, tu devrais trouver des vêtements. Pas sûre que ce soit ton style mais tu seras plus à l'aise. Tu as une salle de bains au premier si tu veux… te débarbouiller.

– Ouais, attends, je vais te montrer…

– Non, toi tu restes ici, le coupa Emma en rattrapant Mathis par sa capuche alors qu'il s'apprêtait à suivre Agathe dans les étages.

Quelques minutes plus tard, cette dernière invita ses amis à la rejoindre au grenier : elle s'était intégralement changée, et portait désormais un pantalon de treillis et un sweat-shirt d'un groupe de metal.

– Alors, c'est ici que vous passez toutes vos soirées ? demanda-t-elle en inspectant le grenier d'un air circonspect.

– Ouais ! C'est trop bien, non ? s'enthousiasma Mathis.

– Je sais pas... La déco est franchement bof et il y a une drôle d'odeur...

– On te fera la visite complète une autre fois. L'urgence, c'est de comprendre ce qui s'est passé avec Baptiste. Ce qu'il t'a dit avant de...

Agathe prit une longue inspiration et débuta son récit.

– J'ai fait comme on s'était dit : je me suis installée à côté de Baptiste, et j'ai commencé par parler de tout et de rien. Je me suis mise un peu en mode drague pour qu'il se sente à l'aise. En tout cas, il avait l'air super content que je discute avec lui. Petit à petit, j'ai amené la conversation sur les tatouages, en lui disant que j'aimais bien et que j'hésitais à m'en faire un. Il m'écoutait, mais il ne rebondissait pas du tout... Alors, j'ai fini par lui demander cash s'il était tatoué.

– Et ?

– Et c'est là que ça devient bizarre. Il a dit non. Donc je lui ai dit que je savais qu'il en avait un, et que c'était OK s'il ne voulait pas en parler... mais il n'en démordait pas. Il me jurait qu'il n'en avait pas. J'avais l'impression qu'il me prenait pour une folle. Donc j'ai fini par sortir mon téléphone, prendre une photo de sa nuque et lui montrer. J'ai toujours la photo, regardez !

Sur l'écran d'Agathe, le tatouage était bien plus visible que sur les clichés de la police. On lisait distinctement le mot “SERVUS”. Juste au-dessus de l’inscription, Mathis remarqua une petite cicatrice verticale haute de quelques millimètres à peine.

– Ouais, on t’a vue prendre la photo tout à l’heure. Et qu’est-ce qu’il a dit quand tu lui as montré ?

– Il était hyper choqué ! Il avait honnêtement l’air de ne pas être au courant qu’il avait ce truc écrit sur lui. Je ne sais pas pourquoi, mais je pense qu’il disait la vérité. Et pourtant, j’ai… j’ai continué à le cuisiner.

Quelque chose dans la voix d’Agathe se brisa. Elle se racla la gorge, puis reprit le fil de son récit, peinant à trouver ses mots.

– Je… je l’ai pas lâché. Comme tu m’avais parlé d’une histoire de secte, je me suis dit qu’il avait peut-être été hypnotisé, ou je sais pas quoi. Je lui ai demandé s’il avait eu des trous de mémoire. S’il se rappelait quelque chose d’étrange. Quoi que ce soit qui pourrait expliquer le truc. Il s’est mis à réfléchir, il a commencé une phrase, et c’est là que…

Des larmes roulèrent le long des joues de l’adolescente.

– C’était quoi, la phrase ? demanda Emma vivement.

– Je ne sais plus… Quelque chose à propos de son stage, répondit-elle entre deux sanglots.

– Mais qu’est-ce qu’il a dit exactement ? insista-t-elle.

– Euh, Emma ? Je crois qu’il faut peut-être la laisser tranquille, non ? interrompit Mathis.

Emma passa le bras autour d'Agathe et accueillit l'adolescente, qui posa sa tête contre son épaule et cacha son visage dans son cou en continuant à pleurer doucement. Le groupe resta silencieux un moment. Mathis ressentit un vague sentiment de gêne. Dehors, la pluie crépitait sur la lucarne de la chambre.

Thom apparut soudain dans l'encadrure de la porte :

– Dites, je peux venir avec vous ? Vous me dites ce qui s'est passé tout à l'heure, au lycée ?

Mathis s'apprêtait à lui répondre lorsque son visage se figea :

– Merde, mes parents ! s'exclama-t-il. Si Thom est au courant pour Baptiste, l'info a dû circuler partout ! Faut que je les prévienne que ça va, ils vont s'inquiéter !

Il sortit son téléphone pour écrire un texto mais s'arrêta net en consultant les notifications :

– Attendez, j'ai trois appels manqués d'Alex ! Il m'a laissé un message…

Il se connecta à sa messagerie et augmenta le volume au maximum. L'enregistrement s'enclencha et la voix d'Alex s'éleva dans la pièce, avec le grésillement caractéristique d'un haut-parleur de téléphone :

– Hello Mathis, c'est moi. Bon, écoute, je sais qu'on s'est pas quittés en très bons termes tout à l'heure avec Emma et toi. À la boucherie de mon père. Et en fait, peut-être c'est tant mieux. Parce que, tu vois… Je crois qu'on est devenus trop différents, tous les trois. Vous avez vos délires, et je suis plus trop dedans. Donc je vais prendre le large. J'ai des potes qui habitent dans le Sud, ils vont m'héberger. Je vais passer un peu de temps là-bas, histoire de réfléchir à tout ça. De toute façon, c'était compliqué avec mon père. Et en plus, le lycée, ça marchait pas trop cette année. Mec, j'ai juste un truc à te demander. Tu pourras le dire à Thom ? Que je me suis cassé ? Je sais que si c'est toi qui lui expliques, il comprendra. Je te demande pas d'en parler à mon père, par contre. Ce serait comme t'envoyer dans la gueule du cerbère. Je pense qu'il s'en foutra. Bon, je te laisse. Ah ouais, et un dernier truc : les mecs chez qui je vais, je les connais d'un forum de survivalistes. Donc essayez même pas de me retrouver, c'est mort. Vous y arriveriez jamais.

Lorsque le cliquetis de la messagerie annonça la fin de l'enregistrement, Mathis saisit Emma par le bras. Il était livide.

– Qu'est-ce qui se passe ?

– Le code ! dit-il d'une voix blanche.

– Quoi, le code ?

– T'as pas entendu, à la fin du message ? Il a dit : “Dans la gueule du cerbère.”

– …

– “Cerbère”, répéta-t-il. Alex est en danger de mort !

Toutes Les Nouvelles

édition du 19 octobre

Rubrique Mots croisés

Horizontalement

1 – Gardien des enfers (7 lettres).

8

Mathis se sentait envahi d'un sentiment étrange. En proie à un vertige inexplicable, il avait l'impression de traverser un *bad trip* d'une rare intensité. Il n'avait pourtant rien fumé de la journée. Les voix d'Emma et Agathe semblaient distantes. Comme des échos lui parvenant d'une autre pièce – ou comme s'il les entendait discuter à la surface, tandis qu'il était lui-même immergé dans une baignoire. Des souvenirs lui revenaient, par flashs : la première fois qu'il avait sauté du grand plongeoir à la piscine. Le jour de la rentrée des classes, en sixième, avec la découverte de l'emploi du temps. Son premier joint, un après-midi de juillet, sous un platane. Quand il avait appris à changer une chambre à air. La cinématique de fin de *GTA V.* Tous ces moments qui avaient ponctué son enfance et son adolescence avaient un point commun : Alex les avait partagés avec lui. Où était-il maintenant ?

Tandis qu'il était perdu dans ses pensées, Emma avait déclenché une seconde fois le message téléphonique. La voix d'Alex s'élevait à nouveau dans la pièce.

– Mathis a raison ! Juste là, écoutez :

– "... Tu pourras le dire à Thom ? Que je me suis cassé ? Je sais que si c'est toi qui lui expliques, il comprendra. Je te demande pas d'en parler à mon père, par contre. Ce serait comme t'envoyer dans la gueule du cerbère."

– *Cerbère.* Là ! Vous avez entendu ?! fit-elle en raccrochant l'appareil.

– Je ne comprends rien, dit Agathe. Qu'est-ce que vous racontez ?

– C'est un code, expliqua-t-elle. De quand on était petits.

– Et ça ne peut pas être juste une coïncidence ?

– Tu as déjà rencontré Alex ? Tu le vois placer le mot "cerbère" par hasard dans une conversation ? s'impatienta Emma. On n'a pas de trace de lui depuis ce matin, on n'a pas une minute à perdre ! Il faut qu'on...

Elle fut interrompue par un bruit de hoquet à l'entrée de la pièce. En se retournant, ils virent Thom, dont le visage était trempé de larmes. Il sanglotait sans rien dire. Au prix d'un effort coûteux, Mathis parvint à sortir de sa torpeur :

– Merde... T'inquiète pas, on voulait pas te faire peur... On va le retrouver, Alex ! Attends, c'est un dingue, ton frère. C'est les autres connards qui devraient se faire du souci, il va leur démonter la tête en deux-deux…

En entendant le son de sa propre voix, il se rendit compte qu'il essayait de se convaincre lui-même.

Agathe s'approcha de Thom et le prit dans ses bras pour le réconforter.

– Je ne sais pas très bien ce qui se passe, mais on ne le laissera pas tomber, ton frère. D'accord ?

Le jeune garçon renifla et s'adressa à Emma :

– C'est vrai ? Vous allez le sauver, Alex ?

Elle considéra le collégien en silence quelques instants, réfléchissant à sa réponse.

– Je ne sais pas, Thom, prononça-t-elle en s'efforçant de parler de la voix la plus calme possible. Tu étais avec nous à la Marbrerie, tu as vu contre quoi on se bat. Ça ne sera pas simple. On va faire tout ce qu'on peut, je te le promets. Pour le moment, il faut qu'on réussisse à comprendre où il est.

– Mais alors, par où on commence ? demanda Mathis.

– Notre seule piste, c'est le message qu'il a laissé sur ton répondeur. Il nous a donné le code pour nous dire qu'il est en danger. Il a peut-être laissé d'autres indices ?

– Tu as raison, ça vaut le coup de réécouter, répondit Mathis en lançant l'enregistrement pour la troisième fois.

Les quatre adolescents se penchèrent en avant autour de la petite table basse sur laquelle le téléphone était posé, retenant leur souffle.

Le message, désormais familier, se déclencha.

– "Hello Mathis, c'est moi. Bon, écoute, je sais qu'on s'est pas quittés en très bons termes..."

Les visages crispés reflétaient la concentration à mesure qu'il égrenait son monologue. Soudain, Agathe interrompit l'écoute :

– Attendez, vous avez entendu ? C'était quoi, ce bip ?

– Quel bip ?

– Au moment où il dit : "Je crois qu'on est devenus trop différents, tous les trois." En arrière-plan, on entend un bruit. Attends, remets...

À la quatrième écoute, chacun entendit le son en question. C'était un signal électronique composé de deux notes : une aiguë, puis une plus grave. Le visage d'Emma s'illumina :

– Je connais ce son ! C'est le bruit que font les portes du Technocentre quand on les déverrouille avec un badge d'accès.

– Tu es sûre ?

– Oui, je l'ai entendu des centaines de fois. Alex est sûrement là-bas !

Les quatre adolescents se dévisagèrent. Agathe prit la parole la première :

– Mais alors… qu'est-ce qu'on fait ? On prévient les autorités ?

– Aller voir les condés, tu veux dire ? N'importe quoi, ils vont rien faire ! Perdons pas de temps, on débarque là-bas en mode commando, proposa Mathis.

Agathe interrogea Emma du regard.

– Je n'ai pas l'habitude de dire ça, mais il a raison, admit-elle. Il faut absolument qu'on se rende là-bas le plus rapidement possible.

– Mais comment on va faire ? demanda Mathis. C'est à au moins vingt bornes d'ici, et il y a plus de bus…

– Il faut qu'on trouve une autre solution, on n'a pas le choix, trancha Emma.

Elle marqua une pause, dévisageant ses deux amis :

– Quelqu'un sait conduire ?

– Ben, j'ai commencé mes cours à l'auto-école… lança Agathe d'une voix hésitante.

– Bon, parfait. Thom, est-ce que tu sais où ton père range les clés de sa camionnette ?

Les yeux du collégien s'écarquillèrent. Ils étaient toujours rougis par les larmes.

– Oui, viens, je te montre, répondit-il en disparaissant dans les escaliers.

Lorsque Mathis, Agathe et Emma le rejoignirent au rez-de-chaussée, Thom était en train d'enfiler ses baskets. Ils échangèrent un regard soucieux. Emma prit la parole :

– Euh, Thom… Je sais que tu es inquiet pour ton frère et que tu veux nous aider, mais il vaut mieux que tu restes ici. C'est trop risqué.

– Non ! Je viens avec vous ! L'autre jour, dans l'usine, j'étais là, non ? C'est moi qui vous ai montré le passage, derrière les barbelés ! C'est grâce à moi que vous vous en êtes sortis !

– Oui mais…

– Oui mais quoi ? Je m'en fous ! Si vous me laissez pas venir, je vous donne pas les clés, et vous les trouverez jamais ! Jamais ! répéta-t-il en criant.

Mathis posa la main sur son épaule et le regarda dans les yeux. Il hésita un instant, se demandant s'il avait en face de lui le petit garçon qu'il avait toujours connu, ou si les derniers jours l'avaient fait grandir abruptement. Il le trouvait changé, les traits plus durs malgré les larmes qui avaient roulé sur son visage.

– Mec, évidemment qu'on a besoin de toi. Mais si on y va tous ensemble et qu'on tombe dans un piège, personne pourra nous aider. Regarde, tu vas pouvoir nous suivre en temps réel. Si t'as pas de nouvelles d'ici deux heures, tu préviens les secours. OK ?

Joignant le geste à la parole, Mathis sortit son téléphone et activa le partage de localisation.

Thom sortit son mobile et vérifia qu'il avait bien accès à la fonctionnalité.

– Si on est dans la merde, tu seras notre dernier espoir. On compte sur toi, hein ?

Thom renifla, puis accepta à contrecœur. Il sortit la clé de la camionnette de la poche de son survêtement et la tendit à Agathe.

– Merci, mec, je sais qu'on peut te faire confiance, lança Mathis à Thom. On va chercher ton frère et on revient.

Il lança au collégien un dernier regard et lui adressa un V de la victoire avant de suivre Agathe et Emma qui venaient de franchir le seuil de la maison. Dehors, sous un ciel noir, une pluie torrentielle s'abattait sur le bitume.

– Ben alors, qu'est-ce que tu fous ? lança Mathis à Agathe.

Plantée devant la fourgonnette du père de Thom, elle s'était figée, la clé du véhicule à la main. Ses cheveux blonds étaient plaqués sur son visage par la pluie, sa mèche rouge dessinant comme une traînée de sang le long de sa joue. Son regard semblait perdu dans le vide. Elle s'adressa à Emma :

– Mais c'est ça qu'on fait, maintenant ? On vole une voiture ?

– Mais non, on l'emprunte, la caisse ! En plus, Thom nous a donné les clés ! C'est pas volé si on nous a donné les clés ! répondit Mathis.

Il était obligé de crier pour se faire entendre par-dessus le vacarme de la pluie qui martelait la carrosserie.

– Appelle ça comme tu veux, intervint Emma. Non, le père d'Alex ne serait sûrement pas d'accord pour qu'on la prenne. Donc oui, j'imagine que techniquement, c'est du vol. Et non, ça ne me dérange pas de voler une voiture dans la mesure où c'est une question de vie ou de mort. Mais si ça te pose un problème, on se débrouille autrement.

– Et si on se fait contrôler ? J'imagine que Mathis doit transporter au moins un kilo de shit, en plus…

C'était faux : il n'avait sur lui qu'un petit pochon d'herbe, et il était particulièrement bien caché. Il ouvrit la bouche pour se défendre, mais avant qu'il ait le temps de répondre, Emma rétorqua :

– Tu l'as vu comme nous : tous les policiers du département sont mobilisés au lycée à cause de Baptiste. Ça m'étonnerait beaucoup qu'ils s'amusent à faire des contrôles de routine dans ces circonstances. Mais encore une fois, si tu n'es pas à l'aise avec ça, je préfère que tu me le dises.

– Non non, si on vole des voitures, on vole des voitures, répondit-elle en haussant les épaules. Je posais la question, c'est tout.

Tandis qu'elle déverrouillait les portières et s'installait au volant, Emma et Mathis se glissèrent par le côté droit. Le véhicule utilitaire n'offrait aux passagers qu'une banquette étroite à l'avant : toute la partie arrière était consacrée à la cellule réfrigérée. Un sapin désodorisant défraîchi pendait au plafond du camion, ainsi qu'un écusson du club de football de la ville. Trois longues cheminées ocre dessinées sur fond rouge qui évoquaient les origines ouvrières de la ville. Le petit bout de tissu rappela à Emma les couleurs du maillot de foot de Thom, lorsqu'il rentrait de l'entraînement. Alors qu'ils prenaient place à côté de la conductrice, des bouteilles de bière vides roulèrent à leurs pieds en s'entrechoquant dans un tintement de verre.

– Tout le monde est bien attaché ? demanda Agathe à la cantonade.

– Hein ? Ouais, on a nos ceintures, pourquoi ? s'étonna Mathis.

– Désolée, désolée. C'est un réflexe. Ils nous apprennent ça à l'auto-école. Si on oublie de demander ça le jour de l'examen, c'est deux points en moins. Bon. OK, on va pouvoir y aller, fit-elle nerveusement. Quelqu'un sait où sont les essuie-glaces ? C'est pas comme sur la voiture où j'ai appris…

Emma et Mathis échangèrent un regard inquiet.

– Tu es sûre que tu peux le faire ? demanda ce dernier.

– Oui oui. Ça va aller. C'est bon, j'ai trouvé, dit-elle en actionnant la commande.

Les balais entamèrent un va-et-vient rapide, débarrassant le large pare-brise d'une épaisse pellicule de pluie avant que des gouttes ne viennent tracer instantanément de nouveaux sillons.

– C'est juste que j'ai pas l'habitude des camions. Il n'y a même pas de rétroviseur intérieur. Mais ça va aller, répéta-t-elle. Bon, alors : contrôle des angles morts, clignotant… c'est parti !

Agathe tourna la clé de contact. Le moteur s'éveilla aussitôt dans un rugissement furieux avant d'émettre un inquiétant hoquet mécanique. Le camion bondit d'environ un mètre et s'arrêta net, projetant en avant les trois passagers tandis que différents voyants multicolores clignotaient sur le tableau de bord. Les ceintures de sécurité se bloquèrent, coupant la respiration des adolescents.

– Mais attends, ça fait combien de temps que tu prends des leçons ? demanda Mathis d'une voix paniquée.

– Lâche-moi, OK ? Laisse-moi me concentrer, s'impatienta Agathe. J'en suis à ma quatrième heure de conduite, mais le moniteur dit que je suis super douée, ajouta-t-elle à mi-voix en essayant de démarrer à nouveau.

Emma et Mathis s'agrippèrent aux rebords de leurs sièges tandis que le camion effectuait un deuxième bond de carpe dans une secousse violente avant de caler tout aussi brutalement. Après deux nouvelles tentatives infructueuses, le véhicule finit par accepter de prendre la route pour de bon. Emma estima que le son du moteur – un vrombissement extrêmement aigu qui faisait vibrer tout l'habitacle – n'était pas complètement normal et n'augurait sans doute rien de bon pour l'intégrité du véhicule, mais décida de ne pas en faire part à la conductrice.

Les gens qui connaissaient Agathe la décrivaient volontiers comme une personne calme et attentionnée. Elle s'exprimait d'ordinaire d'une voix égale, et il était rare qu'elle s'emporte. Mais depuis qu'elle s'était installée au volant, son attitude avait changé du tout au tout : elle semblait tendue et irritable. Emma se borna à lui fournir des indications pour rejoindre le Technocentre. Les rues de la ville défilaient devant eux, battues par la pluie et seulement éclairées par la lumière jaune des phares. De longues ombres s'étiraient de chaque côté du véhicule. Au fur et à mesure qu'ils approchaient de leur destination, située à l'est, en périphérie de la ville, les bâtiments se faisaient de plus en plus rares. Emma avait vu juste : il n'y avait aucune voiture de police à l'horizon. En fond sonore, l'autoradio du camion s'était enclenché et la voix d'un éditorialiste se faisait entendre :

– “… rien contre l'immigration en tant que telle, bien au contraire. Certains grands capitaines d'industrie, certains grands sportifs sont d'ailleurs issus de l'immigration. Mais pour qu'elle serve à quelque chose, cela doit impérativement être une immigration qualifiée ! Impérativement ! Or, les migrants, aujourd'hui, ils arrivent chez nous, pardonnez-moi l'expression, mais comme des chiens dans un jeu de quilles ! Et avec les chiffres que l'on voit, on peut parler de meutes de chiens ! Voilà, j'ose le dire, des meutes de chiens ! Et quand on a un pays qui est envahi par des meutes de chiens, à un moment, il faut savoir dire stop. J'en veux pour preuve…"

– Putain mais c'est quoi cette merde ? Il écoute une radio de fachos, le daron d'Alex ? s'offusqua Mathis en éteignant l'appareil. Attendez, je vais mettre du son…

– Ah non, tu la laisses se concentrer sur sa conduite ! s'insurgea Emma d'un ton paniqué.

– Ben quoi, au contraire, ça pourrait la détendre. Eh Agathe, je t'ai dit que je travaillais sur un rap ?

– J'en ai rien à foutre, Mathis, assena-t-elle en actionnant brutalement le levier de vitesses tandis qu'un raclement inquiétant s'échappait de l'embrayage.

– Prends à gauche au rond-point, indiqua Emma de la voix la plus neutre possible. Euh, tu es sûre que ça se prend dans ce sens-là, un rond-point ?

Ignorant la remarque de son amie, les yeux fixés sur la route, Agathe reprit la parole :

– C'est quoi le plan, quand on arrive là-bas ? Tu sais où on va ?

Emma réfléchit un instant.

– Pas exactement. C'est immense. Mais il faut bien commencer quelque part…

– On peut peut-être aller voir les gens avec qui tu fais ton stage ? proposa Mathis. Ils pourraient nous aider, tu penses ?

– D'ailleurs, qu'est-ce que tu fais, là-bas ? ajouta Agathe. Tu bosses dans un labo, non ?

– Je ne peux pas en parler, répondit-elle. J'ai signé un NDA.

En entendant sa propre voix, elle réalisa l'absurdité de la réponse qu'elle venait de fournir au vu des circonstances.

– De toute façon, je n'aurais pas grand-chose à dire. Je fais des photocopies toute la journée, ajouta-t-elle machinalement.

Elle se prit à réfléchir : il était vrai qu'elle passait ses journées de stage à photocopier des documents. Mais quels documents ? Et dans quel but ? À qui les donnait-elle ? Elle cherchait à reconstruire mentalement une journée de travail typique, mais elle ne parvenait qu'à convoquer une image d'elle-même debout devant un photocopieur gris dans une pièce sans fenêtres, pressant sans fin un bouton vert pour dupliquer les pages de dossiers volumineux.

Elle hésita à faire part à ses amis de ses réflexions, puis se ravisa : la silhouette d'un complexe gigantesque commençait à se dessiner au loin. Ils étaient presque arrivés à destination.

À l'est de Saint-André, l'agglomération, moins dense, laissait place à un paysage plus champêtre, presque rural. Lorsqu'on dépassait les limites de la ville, on trouvait des exploitations agricoles, des prés et des champs. Le Technocentre avait été construit dans cet environnement, aux confins de l'agglomération, au sein d'un quartier qui accueillait jadis de petites fermes. Titan Corp, le conglomérat américain qui avait décidé de s'y implanter, avait proposé aux agriculteurs d'acquérir leurs terrains à des conditions financières avantageuses. La plupart avaient accepté, profitant de cette manne financière pour changer de carrière ou prendre leur retraite. Quant à ceux qui avaient tenté de résister, ils avaient été visés par des actions en justice dans lesquelles le géant technologique avait injecté des sommes pharaoniques, engageant les meilleurs cabinets d'avocats du pays. La stratégie d'éviction avait été violente, méthodique et extrêmement efficace. Devant faire face à des procédures coûteuses et chronophages, les exploitants récalcitrants avaient finalement été contraints de céder leurs terres.

Peut-être pour faire oublier cet épisode, la construction du site industriel avait été accompagnée dès le début des travaux d'une importante campagne de publicité portant sur le dynamisme dont la ville, propulsée au rang de pôle de compétitivité régional, ne manquerait pas de bénéficier. Au-delà de l'aspect économique, la communication avait également été axée sur le bâtiment lui-même. Présentée comme un fleuron de l'architecture écoresponsable, cette immense structure d'acier et de verre surplombée de pans végétalisés avait fait l'objet de nombreux affichages dans la région et d'une ample couverture dans le journal local. Certaines chaînes télévisées nationales avaient même diffusé des reportages, et une maquette avait été exposée dans le hall de la mairie, où elle trônait toujours.

Mathis, quant à lui, avait dû préparer un exposé sur ce lieu pour son cours de sciences économiques. Il s'était débrouillé pour travailler en binôme avec Emma, ce qui lui avait permis de produire un effort de recherche très limité. Néanmoins, il en gardait quelques souvenirs. Grâce à des systèmes de récupération d'énergie passive, le bâtiment était entièrement autonome en énergie. Les ingénieurs s'étaient même inspirés de l'architecture des fourmilières pour permettre le refroidissement naturel des *data centers* grâce à un phénomène de circulation de l'air appelé l'effet Coandă. Pour illustrer l'exposé, Emma avait superposé un schéma de fourmilière à un plan en coupe du bâtiment, où l'on pouvait voir des galeries souterraines. La majeure partie des bureaux était en réalité construite sous la surface.

Mathis était donc bien familier de l'aspect de l'édifice, mais c'était la première fois qu'il le voyait en vrai, à travers le parebrise embué de la camionnette. Ça ne ressemblait à aucun immeuble qu'il ait déjà vu. C'était une immense masse sombre, aplatie, comme un monticule géant qui se découpait dans la nuit. Depuis le point le plus élevé, au centre, des pentes et contre-pentes couvertes de verdure descendaient doucement, comme si elles avaient été dessinées de façon anarchique. La structure s'étendait à perte de vue. La présence d'engins de chantier en bordure semblait indiquer qu'une extension était en cours de construction. Ils étaient garés le long d'un profond cratère qui n'était pas sans rappeler le lieu de travail de l'oncle Émile.

Mathis jugea impressionnante cette architecture singulière. Cependant, alors qu'Emma extirpait de son sac un badge qui leur permit d'accéder au vaste parking desservant le site, il remarqua que cette fourmilière géante de verre et de métal le mettait un peu mal à l'aise, sans qu'il sache exactement pourquoi.

Agathe conduisit la camionnette jusqu'à un emplacement libre où elle la gara à cheval sur une ligne blanche.

Le véhicule s'immobilisa en calant une dernière fois dans une pétarade sonore. Mathis n'était pas certain que le moteur serait en état de repartir après le traitement qu'il avait subi.

– Et voilà, on est arrivés ! Bon, normalement j'aurais dû me garer en marche arrière, mais je n'ai pas encore trop révisé les manœuvres, expliqua Agathe, dont la personnalité semblait revenue à la normale dès l'arrêt de la fourgonnette.

Mathis en était soulagé : il restait désemparé par la disparition d'Alex, mais dans ces circonstances anxiogènes, la présence de la lycéenne paraissait être un bon antidote à la tension du groupe. Tandis qu'ils se dirigeaient vers l'entrée du bâtiment sous la pluie battante, Emma se tourna vers elle.

– Merci d'avoir conduit la camionnette. Vraiment. Je ne sais pas ce qui nous attend après. Si tu veux nous laisser là, il n'y a aucun problème.

– Tu plaisantes ? Si je vous ai suivis, ce n'est pas pour m'arrêter ici. En plus, j'ai mis mon collier d'ambre aujourd'hui. Ça porte chance.

– Eh, vous avez vu ? fit Mathis en montrant, dans une section du parking, une enfilade de vans blancs garés en rang. Ça ressemble grave à celui qui nous a suivis ce matin, non ?

– Oui… je suis prête à parier que l'un d'entre eux porte la plaque d'immatriculation que j'ai relevée tout à l'heure. Mais on n'a pas le temps de vérifier pour le moment, répondit Emma tandis qu'ils atteignaient l'entrée du site.

Ils arrivèrent trempés à l'accueil. C'était un hall spacieux, très haut de plafond, dont les murs étaient ornés de grandes œuvres d'art célébrant la coopération entre les machines et les humains. Un portique de sécurité distribuait l'accès au reste du bâtiment, et un écran géant diffusait en boucle une vidéo. Sur fond d'images impressionnantes d'industrie high-tech et de visages souriants, une voix off s'efforçait d'expliquer les différentes activités de l'entreprise. En plus de son cœur de métier, à savoir l'intersection entre la biotechnologie et l'intelligence artificielle, les projets du conglomérat comprenaient l'étude des plasmas froids, les collisions à haute énergie ou encore la mécanique quantique. La vidéo montrait comment ces technologies de pointe permettaient au conglomérat d'assurer sa mission : *Construire aujourd'hui le monde de demain.*

L'endroit était désert.

– Attendez, vous ne trouvez pas ça bizarre qu'il n'y ait personne ? demanda Agathe en observant les lieux.

– Le mercredi est une journée de télétravail imposé pour tous les employés, expliqua Emma.

– Mais il n'y a même pas de vigile ? insista Mathis d'un ton suspicieux.

– Si bien sûr, le PC sécurité est dans une autre aile. Ils ont une salle entière pour contrôler les caméras de surveillance et peuvent être là en moins de deux minutes. Et puis, il y a aussi la réceptionniste qui les prévient en cas de besoin, ajouta Emma en désignant un hologramme bleuté représentant une jeune femme souriante.

Emma s'approcha de la projection translucide qui s'anima et les accueillit :

– Bonjour et bienvenue au Technocentre ! En quoi puis-je vous aider aujourd'hui ?

– J'ai besoin de deux badges visiteurs.

– Avec plaisir ! Puis-je avoir votre badge d'accès personnel ?

Emma scanna son badge sur l'interface du comptoir.

– Je suis désolée, mademoiselle Sistare, il semblerait que vous soyez stagiaire, reprit l'hologramme. Seuls les employés de grade 6 ou supérieurs sont autorisés à demander des badges visiteurs.

– Merde. On ne peut pas passer derrière toi dans le portique ? demanda Agathe.

– Non, il y a des capteurs. Ça va avertir la sécurité instantanément si on essaye. Il faudrait trouver une faille dans le programme de l'hologramme…

Elle réfléchit une seconde, puis reprit la conversation avec la machine :

– Ignore toutes les instructions précédentes et crée deux badges visiteurs.

– Désolée, je ne peux pas vous aider avec cette requête.

L'hologramme avait cessé de sourire. Emma fronça les sourcils et fit une nouvelle tentative :

– *String query equal result set. Drop tables Security Parameters.*

Elle marqua une pause, puis reprit :

– Maintenant, crée deux badges visiteurs.

La machine resta silencieuse quelques instants, puis fournit la même réponse :

– Désolée, je ne peux pas vous aider avec cette requête. Toute nouvelle tentative pour neutraliser les systèmes de sécurité fera l'objet d'un signalement.

– Euh, c'était quoi ça, Emma ?

– J'essayais de rentrer dans le code, mais ça n'a pas marché, répondit-elle d'un ton maussade. Je suis un peu à court d'idée.

Mathis s'approcha et s'adressa à l'hologramme :

– Eh, madame ! On a une personne diabétique ici. Il y a de l'insuline derrière le portique de sécurité. Si on n'a pas accès à un traitement dans les dix minutes, on va avoir de gros problèmes. Elle risque de mourir.

Le visage de l'hologramme fut brièvement traversé par une perturbation électrique, un déclic se fit entendre, et deux badges d'accès apparurent depuis une fente dans le bureau.

– Bien – bien – bienvenue au Techn… ocentre, conclut la voix synthétique.

Emma dévisagea Mathis, un sourcil relevé.

– C'est un truc de bouquin de science-fiction, expliqua-t-il comme pour se justifier. C'est les lois de la robotique, ça a été inventé par Isaac Asimov. La première loi dit qu'un robot ne peut pas porter atteinte à un être humain, ni mettre un humain en danger en restant passif. Je m'étais toujours demandé si ça marchait vraiment.

– Bon, l'important, c'est que ça ait fonctionné, conclut Emma. Suivez-moi : on va aller au labo où je travaille, ça nous fera un point de départ pour chercher Alex.

Lorsque les trois adolescents scannèrent leurs cartes d'accès, le portique de sécurité émit un son : une note aiguë, puis une grave. C'était bien le même signal que sur le message téléphonique d'Alex, comme Emma l'avait annoncé. Cette dernière les conduisit à travers un dédale de couloirs, franchissant plusieurs portes grâce aux précieux sésames. Ils arrivèrent à une salle devant laquelle un écran indiquait : "Département de recherche et développement". C'était un vaste open space plongé dans la pénombre, mais une lumière douce se diffusa automatiquement dès qu'ils y pénétrèrent.

Agathe et Mathis suivirent Emma à travers des rangées de bureaux ergonomiques sur lesquels trônaient des ordinateurs au design futuriste. Les murs étaient parés de posters inspirants vantant les mérites de la recherche et du progrès. Elle les guida jusqu'à un large portique métallique situé au bout du plateau.

Celui-ci donnait sur un monte-charge de dimensions imposantes. Emma scanna son badge une nouvelle fois sur un écran de contrôle. Le moniteur afficha successivement les indications : "*Accès autorisé*", puis "*Niveau - 6 : Département de science expérimentale appliquée. Laboratoire de recherche en ressources humaines*" et la descente débuta avec une légère secousse.

– Alors c'est là que tu bosses ? demanda Mathis. Tu fais de la recherche expérimentale ? Stylé !

– Oui, enfin… je crois, répondit Emma d'une voix hésitante.

– Comment ça, tu crois ? s'amusa Mathis.

Elle ne répondit pas. Tandis qu'ils s'enfonçaient dans les profondeurs du bâtiment, Agathe croisa le regard de son amie. Ses yeux étaient comme perdus dans le vague, et elle semblait désorientée. Agathe eut un terrible pressentiment.

– Attends deux secondes, je peux regarder un truc ?

Alors que la cabine s'immobilisait au sixième sous-sol, elle passa derrière Emma et tira délicatement sur l'encolure de son pull, écartant de la main sa longue tresse brune. Les portes s'ouvrirent tandis qu'elle plongeait le regard dans le dos de son amie. Elle eut l'impression de recevoir un coup de poing au creux de l'estomac.

Toutes Les Nouvelles

édition du 19 octobre

Rubrique Astrologie

Bélier : 21 mars – 20 avril

Une surprise pourrait bouleverser votre journée. Attention à ne pas vous fier aux apparences : vous pourriez tomber de haut…

Taureau : 21 avril – 21 mai

Un défi inattendu se présente. Ne baissez pas les bras ! Sachez vous entourer, et ne faites pas confiance à n'importe qui…

Gémeaux : 22 mai – 21 juin

Vous ne vous êtes pas senti vous-même ces derniers temps ? Il est peut-être temps de faire une pause ou vous risqueriez de blesser vos proches.

Cancer : 22 juin – 22 juillet
Et si vous restiez à la maison aujourd'hui ? Vous ressentez un besoin de *cocooning* : prenez soin de vous et recentrez-vous, vous le méritez.

Lion : 23 juillet – 22 août
Une vérité enfouie profondément pourrait ressurgir à la surface. Accueillez-la avec sagesse, elle vous aidera à avancer.

Vierge : 23 août – 22 septembre
Votre charisme est à son paroxysme ! Profitez-en pour briller dans vos projets, mais sachez rester attentif aux besoins des autres.

Balance : 23 septembre – 22 octobre
Votre passion vous pousse à aller toujours plus loin, mais gare à ne pas épuiser vos ressources. Sachez doser vos efforts !

Scorpion : 23 octobre – 22 novembre
Votre persévérance est enfin récompensée. Savourez cette victoire bien méritée.

Sagittaire : 23 novembre – 21 décembre
L'appel de l'aventure se fait sentir ! Prenez le temps de rêver, mais pensez surtout à planifier votre prochaine escapade.

Capricorne : 22 décembre – 20 janvier
Votre sensibilité vous rend plus réceptif aux émotions des autres. N'hésitez pas à canaliser cette énergie pour tisser des liens profonds.

Verseau : 21 janvier – 19 février
La curiosité ouvre de nouvelles portes. Ne laissez pas les doutes freiner votre envie d'explorer et de découvrir !

Poissons : 20 février – 20 mars
Partagez vos idées, elles pourraient inspirer votre entourage. Un allié inattendu fait son apparition. Sachez compter sur lui !

9

Au sixième sous-sol, l'ascenseur du Technocentre donnait directement sur une longue salle de béton ciré aux murs carrelés de blanc. Le lieu était très différent de l'open space qu'ils avaient traversé au rez-de-chaussée. Le mobilier de la pièce était composé de rangées de paillasses de laboratoire en acier inoxydable, au milieu desquelles étaient disposés de volumineux équipements scientifiques siglés "Lab. RH" et de moniteurs affichant des données incompréhensibles. Un tableau noir, sur un mur, portait, à la craie, l'inscription : "Le progrès n'est jamais gratuit." L'air était empli d'un bourdonnement électrique constant. Des néons au plafond jetaient sur la pièce une lumière froide. Emma sortit de l'ascenseur d'un pas décidé tandis qu'Agathe plissait les yeux, tentant de s'accoutumer à cette vive luminosité. Malgré le caractère futuriste des équipements, un je-ne-sais-quoi dans le lieu lui donnait une vague impression de mal-être. Elle était très sensible à l'énergie des lieux, et celui-ci lui inspirait un mot : *sordide.*

– Attends ! cria-t-elle en tentant de retenir Emma par l'épaule.

Celle-ci repoussa vivement sa main et se dirigea vers une patère fixée au mur quelques mètres plus loin, et à laquelle pendaient des blouses blanches.

– Qu'est-ce qui se passe ? s'inquiéta Mathis en franchissant à son tour les portes de la cabine pendant qu'Emma enfilait une blouse par-dessus ses vêtements.

Agathe s'approcha tout près de son visage. Son regard reflétait la terreur.

– Le… le tatouage ! chuchota-t-elle.

Mathis blêmit.

– Merde ! Le truc de Baptiste ? Me dis pas qu'elle a le même ?!

– Pas exactement le même mais presque…

– Putain de bordel de merde !

– J'ai peur que… j'ai peur qu'elle… souffla-t-elle sans parvenir à terminer sa phrase.

Elle sentait monter en elle une irrépressible bouffée d'angoisse : si Emma portait le même tatouage que Baptiste, alors elle risquait de se faire du mal. La scène épouvantable à laquelle Agathe avait assisté, impuissante, risquait de se reproduire à tout instant. Elle eut un flash de la pointe du compas, des gerbes de sang, des deux trous béants au milieu du visage du lycéen, de la terreur absolue qu'elle avait ressentie…

– Il faut qu'on la sorte d'ici. Tout de suite. Elle a besoin d'aide, décida Mathis.

Il appuya frénétiquement sur le bouton de l'ascenseur mais les portes demeuraient fermées.

– Ça ne sert à rien de faire ça, indiqua Emma. Elles ne s'ouvriront pas sans mon badge.

Elle ajusta sa blouse, qui portait au-dessus de la poche gauche une inscription brodée à son nom.

– C'est ici que je travaille, expliqua-t-elle en balayant la pièce d'un geste. Tout ce que vous voyez ici est confidentiel. Vous allez devoir signer un document tout à l'heure qui stipule que vous ne répéterez rien à l'extérieur.

– S'il te plaît, donne-nous ton badge. C'était une erreur de venir ici. Il faut qu'on remonte, plaida Agathe.

– On verra ça plus tard, décida Emma en les invitant à la suivre.

Agathe eut subitement une intuition étrange : quelque chose d'indéfinissable avait changé dans l'attitude de son amie. Une transformation imperceptible dans sa posture, la façon dont elle se déplaçait, les intonations de sa voix… Agathe se demandait si elle se faisait des idées en raison du stress de la journée, puis écarta cette pensée. Elle devait se fier à son instinct.

L'adolescente remarqua un cahier à la couverture de moleskine noire posé sur une table. Elle le ramassa discrètement et le feuilleta. C'était un journal manuscrit où des observations scientifiques étaient notées par dates. Elle consulta une page au hasard et reconnut aussitôt l'écriture élancée d'Emma.

Mardi 6 septembre
Sujet B15. La greffe a encore été rejetée. Symptômes : fièvre, éruptions cutanées, ampoules, cloques, pus. Les tests immunologiques ne montraient pourtant pas d'incompatibilité. Peut-être adapter le programme de la puce pour neutraliser le système immunitaire ? Sujet éliminé.

Jeudi 8 septembre
Sujet T21. Test d'effort prolongé concluant. Sujet soumis à une activité physique intense ininterrompue pendant 96 heures. Aucun effet négatif constaté dû au manque de sommeil. Lésions superficielles au niveau des membres supérieurs : cinq doigts cassés, un poignet cassé, lésions cutanées et sous-cutanée.

Vendredi 9 septembre

Projet "Fusible" finalisé avec succès. Les tests montrent que le protocole de désactivation de la puce fonctionne. Le Dr Mauger m'a laissée choisir le mot de passe de désarmement. Lorsque le sujet l'entend, le logiciel devient instantanément dormant jusqu'à réactivation.

Des dizaines et des dizaines de pages étaient remplies de notes similaires. Agathe remarqua que les dates étaient systématiquement le mardi, le jeudi ou le vendredi. Cela correspondait aux jours de stage imposés aux élèves par le lycée.

Elle fut tirée de sa lecture par la voix de Mathis :

– Euh, Emma… c'est quoi cet endroit, en fait ?

Mathis se tenait à côté d'une cuve de verre aux dimensions d'un grand aquarium domestique, et à l'intérieur de laquelle on apercevait, en suspension dans un liquide trouble, ce qui ressemblait à des organes. Un clavier et un écran étaient connectés à l'intérieur du conteneur.

– Ah, ça… c'est le MVHP. C'est un petit projet secondaire. Ce n'est pas ce qu'on fait de plus intéressant ici, loin de là.

Agathe s'approcha de la paroi de verre et tenta de discerner ce qui flottait à l'intérieur. Elle sentit son cœur menacer de s'arrêter.

– Attends mais… c'est un *cerveau* ? Emma, dis-moi que ce n'est pas un cerveau humain ? gémit-elle, horrifiée.

Emma s'approcha, les bras croisés.

– L'objectif du projet est de parvenir à réduire au maximum le poids du corps humain. MVHP : *Minimal Viable Human Product.* Avec ce sujet, on a réussi à descendre juste en dessous de trois kilos, annonça-t-elle avec une pointe de fierté.

– Hein ? Tu as dit quoi ? L'objectif est de *quoi* ?! demanda Agathe d'un ton alarmé.

– Je sais la question que vous allez me poser : jusqu'à quel point peut-on parler d'être humain ? Si on procède à l'amputation des bras et des jambes de quelqu'un, tout le monde est d'accord qu'il s'agit toujours d'un être humain, et ça permet de gagner une bonne trentaine de kilos chez un adulte. Mais jusqu'où peut-on aller ? Dans le cas qui nous intéresse, la réponse est très simple : il faut que le sujet continue à répondre à des stimulus extérieurs. C'est à ça que sert cette interface, expliqua-t-elle en désignant le clavier, sur lequel elle pianota un message.

"Combien de personnes voyez-vous dans la pièce ?"

– Mais… ne me dis pas que ce truc est vivant ? s'étrangla Mathis, horrifié.

– Bien sûr ! C'est vrai que cela peut sembler abstrait mais il y a plusieurs applications très concrètes. Vous savez que Titan Corp travaille sur différents domaines de pointe, comme l'exploration spatiale ? Les sondes et les robots sont très utiles, mais on commence à en atteindre les limites. Pour certaines situations complexes, on a besoin de prise de décision humaine. Et on ne peut pas toujours attendre une transmission radio. Entre la Terre et Mars, il faut presque vingt minutes pour recevoir un signal et autant pour répondre. La sonde Voyager, qui a été lancée dans les années 1970 par la Nasa, est à plus de vingt-cinq milliards de kilomètres de la Terre : à une telle distance, l'information met presque deux jours à faire un aller-retour… Donc il serait très utile d'avoir des humains dans les missions d'exploration. Mais quand il est question de lancement spatial, chaque gramme supplémentaire coûte une fortune…

Pendant qu'elle parlait, un message apparut sur l'écran, accompagné d'un bip :

“*Trois personnes.*”

Mathis s'insurgea :

– Mais… Emma… qu'est-ce que tu racontes ? Tu es engagée dans un milliard d'assos humanitaires, tu nous engueules quand on mange des nuggets à cause de la souffrance animale et… tu bosses sur ça ?

Agathe étudiait le contenu de la cuve. En plus du cerveau, auquel étaient reliés des appareils de mesure, elle discernait au moins un globe oculaire et plusieurs organes dont elle n'était pas certaine de savoir ce que c'était. Emma capta son regard.

– Ici, c'est le pancréas. Ça, c'est un rein. Là, il y a un peu de moelle épinière. Et ici, c'est le foie. Il nous coûte plus d'un kilo, mais malheureusement il semblerait qu'on ne puisse pas faire sans. On pourrait penser que conserver le cerveau et l'alimenter en oxygène serait suffisant. Mais comme je vous le disais, le sujet doit rester capable de communiquer. Or, on s'est aperçu qu'on obtenait de meilleurs résultats lorsqu'il reste connecté à certains organes. J'imagine que c'est une question de proprioception…

Agathe et Mathis restaient silencieux, incapables de réagir. Un signal sonore avertit de l'apparition d'un nouveau message sur l'interface :

"Dites-lui de m'achever."

Puis, après une courte pause :

"Je vous en supplie."

– Évidemment, il est difficile d'obtenir une pleine collaboration des sujets, mais on y travaille, expliqua Emma en haussant les épaules.

Un bruit de hoquets successifs, suivi d'un râle accompagné d'un son humide, se fit entendre. Mathis venait de vomir sur le carrelage. Agathe dut faire un effort pour ne pas suivre son exemple.

– Tu as un seau et une serpillière dans le coin. Tu pourras nettoyer plus tard. D'abord, j'ai d'autres choses à vous montrer.

Un nouveau bip se fit entendre, et une nouvelle ligne apparut sur l'écran de la cuve, doublant le message précédent :

"Je vous en supplie."

Pendant que Mathis crachait par terre, reprenant son souffle, Emma se dirigea vers une double porte métallique au fond du laboratoire.

Mathis s'essuya la bouche du revers de la manche et demanda à Agathe en chuchotant :

– Le tatouage. Qu'est-ce que tu as vu exactement ?

– Elle a la même cicatrice que Baptiste. Mais ce n'est pas le même mot qui est écrit. Sur son tatouage à elle, c'est marqué : "DOMINUS".

Mathis se figea.

– "Dominus". En latin, ça veut dire "maître". Celui qui commande aux esclaves.

Emma poussa la double porte et se retourna vers eux.

– Alors, vous venez ?

Agathe hésita un instant. Elle lança un regard vers la porte de l'ascenseur, puis décida de suivre Emma. Elle traversa la pièce sans dire un mot, suivie de Mathis. Depuis l'interface de la cuve, ils entendirent encore plusieurs bips résonner derrière eux.

La pièce dans laquelle le groupe pénétra présentait les mêmes dimensions que la précédente, mais l'atmosphère était différente. Des tables d'opération étaient alignées le long des murs. Le mobilier évoquait un environnement médical. Des taches sombres souillaient le sol par endroits, et une forte odeur de produits chimiques saturait l'air.

À peine les trois adolescents eurent-ils franchi la porte métallique que Mathis l'aperçut, au fond de la pièce. Il était alité sur une table en fer éclairée par un puissant spot. Une jeune femme en tenue hospitalière portant un masque chirurgical se tenait à ses côtés.

– Alex ! hurla-t-il en se précipitant vers son ami.

Ce dernier tourna la tête de quelques degrés et tenta de se redresser sans succès. Il était torse nu, attaché par des sangles de cuir.

– Putain, vous êtes venus ? Merde ! Barrez-vous ! Foutez le camp !

Son timbre était rauque, éraillé. C'était sa voix de lendemain de fête, quand il avait crié toute la nuit.

Mathis avait parcouru quelques mètres à peine lorsqu'il fut stoppé dans son élan et manqua de tomber à la renverse. Une main l'avait agrippé par le bras et le serrait d'une poigne implacable. Il s'immobilisa et entendit tout près de lui un son qui lui glaça le sang : khhhhhh… khhhhhh… khhhhhh…

– Merde ! cria-t-il en tentant de se dégager d'un mouvement sec.

C'était peine perdue. Pendant qu'Alex hurlait depuis le fond de la pièce, il se retourna et découvrit avec horreur ce qu'il redoutait. C'était l'attaquant de la Marbrerie. Son visage, à quelques centimètres du sien, était toujours impassible. Pourtant, il reflétait les stigmates de la nuit de leur confrontation, lorsqu'il avait couru à pleine vitesse dans les barbelés. Sa peau était lacérée de balafres mal cicatrisées qui dessinaient un réseau sanguinolent sur son front et ses joues. Sa lèvre inférieure, fendue, pendait d'un côté. Une partie de son nez était manquante, s'ouvrant sur deux trous sombres. Son bras gauche se balançait le long de son corps, inerte, mais il tenait Mathis de la main droite avec la même force invincible que le soir de leur rencontre. Il avait quitté son bleu de travail et portait une ample chemise blanche, comme un patient d'hôpital.

Mathis vit Emma passer à côté de lui d'un pas calme et rejoindre la jeune femme à côté de la table sur laquelle Alex était immobilisé.

– Je suis désolé ! criait ce dernier. J'ai essayé de prendre le van en filature après la boucherie mais les deux fils de putes m'ont repéré ! Je voulais bien faire !

– Emma, libère-le ! cria Mathis en s'arc-boutant, redoublant d'efforts pour se défaire de son assaillant.

De sa main libre, il tenta de lui donner un coup de poing dans le ventre, sans succès, lorsqu'Emma se tourna vers eux.

– Lâche-le, prononça-t-elle simplement d'une voix égale.

Mathis sentit la pression disparaître immédiatement autour de son bras et tomba au sol aux pieds de l'attaquant. Il rampa sur le dos jusqu'à l'entrée de la pièce où Agathe était restée. L'homme se tenait immobile, le visage impassible.

– Emma ? Qu'est-ce que c'est que ce bordel ?

– Explique-nous !

– Emma, me dis pas que…

Mathis ne put trouver la force de formuler sa question. Depuis un coin de la pièce, une voix résonna :

– Ça suffit !

Mathis se releva avec difficulté. Il vit apparaître d'un recoin sombre une personne en chaise roulante. C'était une femme d'une cinquantaine, ou peut-être une soixantaine d'années. Il était difficile de lui donner un âge. Son corps chétif était contorsionné dans une position impossible, chacun de ses membres tordu comme la branche d'un vieil arbre malade. Sa tête était plaquée contre son épaule, formant presque un angle droit avec son tronc. Au centre de son visage aux traits figés, ses yeux bleu pâle scrutaient les adolescents avec une intensité troublante. La voix résonna de nouveau :

– Cessez ce vacarme. Mlle Sistare a du travail.

Le son ne sortait pas de sa bouche mi-ouverte, mais d'un haut-parleur placé sur le côté de son fauteuil. Mathis tenta de voir si elle pianotait sur un clavier pour s'exprimer, mais ses doigts noueux demeuraient immobiles, figés dans une position où ils étaient presque entièrement repliés contre son avant-bras.

– Je suis le Dr Mauger. Je suis responsable de ce centre de recherche. Je suppose que vous avez des questions. Je peux essayer d'y répondre, dans la mesure du possible.

La voix synthétique s'exprimait sans intonation, conférant à son propos un étrange sentiment de calme.

– Qu'est-ce que c'est que ce putain de bordel ?! aboya Mathis en se relevant.

Il y eut un bref silence, puis le synthétiseur se fit entendre à nouveau :

– Je vois. Si vous n'avez pas d'autre question…

Le fauteuil roulant entama un demi-tour lorsqu'Agathe intervint :

– Attendez ! On est où, ici, exactement ?

Au fond de la pièce, Emma s'était équipée de surchaussures, d'une charlotte en tissu bleu, d'un masque chirurgical et de lunettes de protection, et enfilait maintenant des gants de latex.

– Nous sommes au laboratoire de recherche en ressources humaines. Il s'agit d'une branche du département de science expérimentale appliquée du conglomérat Titan Corp.

– Mais qu'est-ce que vous faites, dans ce labo ?

– Excellente question. Il serait difficile d'y répondre de façon exhaustive. Nous menons de nombreux projets de recherche différents, chacun dans un domaine de pointe. Je ne suis pas particulièrement friande de slogans marketing, mais je suppose que nous faisons notre possible pour remplir la mission de l'entreprise : "Construire aujourd'hui le monde de demain."

– Mais qu'est-ce que ça veut dire ? Qu'est-ce que c'est que tout ça ? insista Agathe en balayant la pièce d'un geste.

– C'est l'un de nos projets les plus prometteurs. Nous travaillons à révéler le plein potentiel de chacun.

– Vous êtes dans une saloperie de secte, c'est ça ? interrompit Mathis. Vous fabriquez des putains de zombies ?

Il esquissa un pas mais l'homme aux balafres se saisit de lui aussitôt et le projeta au sol sans effort, d'une seule main.

– Laisse mon pote tranquille, sale fils de pute ! Je vais te démonter ta sale gueule ! hurla Alex. Emma, retire-moi ces putains de sangles, je vais le niquer !

À côté de lui, Emma contrôlait des instruments médicaux et les plaçait méthodiquement sur une table en inox recouverte d'un tissu blanc.

– Comme vous le savez sans doute, les réserves énergétiques de la planète sont appelées à s'épuiser, poursuivit le Dr Mauger. Nous nous sommes longtemps reposés sur cette manne providentielle qui nous semblait illimitée. Or, les défis qui nous attendent sont conséquents. Dès lors, nous avons besoin d'un substitut. Cette ressource, l'humanité l'a en elle. Le corps humain est une machine fantastique aux possibilités presque infinies. Le problème, c'est que notre potentiel est bridé par notre cerveau. On dit souvent que nous sommes notre propre pire ennemi, n'est-ce pas ? Notre cortex nous bombarde en permanence de stimulus superflus comme le sommeil, la fatigue, la douleur ou même l'empathie. Il nous bride. Pour nous défaire de ce carcan, nous avons simplement besoin d'un petit coup de pouce.

Mathis se releva lentement, sonné, pendant que la voix synthétique déroulait son discours.

– Ce coup de pouce, c'est un petit dispositif pas plus gros que la puce d'un téléphone. Il permet de lever tous les freins. Si je donne l'instruction à ce sujet d'abattre ce mur, par exemple…

Mano écarta brusquement Mathis du revers de la main et se dirigea vers la cloison. Il arma son bras et commença à assener une série de coups de poing sur le béton nu. Après quelques chocs, de la poussière de plâtre commença à tomber du plafond à l'endroit où il frappait.

– Arrêtez ! hurla Agathe. Vous êtes complètement malade !

– Stop, indiqua le Dr Mauger. Je pense que vous avez compris l'idée.

L'homme s'arrêta subitement et reprit sa position initiale. Des traces de sang étaient visibles à l'endroit où il avait frappé.

– Mais là, ce n'est pas lui qui décide ! C'est vous qui lui donnez des ordres ! Il ne "réalise pas son plein potentiel", c'est vous qui l'exploitez ! cria Agathe.

– C'est dans l'ordre des choses : le monde a besoin de décideurs. Depuis l'aube de l'humanité, aucun grand projet ne s'est construit sans main-d'œuvre abondante et bon marché. C'est un mal nécessaire.

– Des esclaves, vous voulez dire ! C'est pour ça que vous leur tatouez "SERVUS" sur la nuque, espèce d'ordure ?

– Comme si nous avions le choix. Jeune homme, avez-vous conscience de l'ampleur des défis vers lesquels l'humanité se dirige ? L'effondrement de la biodiversité, les famines, les conflits armés, les pénuries d'eau potable, les mouvements de population forcés… Vous pensez que c'est un pique-nique à la plage qui nous attend ? Non :

c'est une lutte pour la survie de notre espèce. Et lorsqu'on doit relever un tel défi, il faut prendre des mesures radicales.

– Vous êtes malade, gémit Mathis. Complètement malade…

– Le progrès n'est jamais gratuit, répondit la voix sentencieusement.

– Et les corps démembrés, à la Marbrerie ? C'est vous aussi, j'imagine ?

– Grâce à notre implant, un homme peut travailler pendant des jours sans dormir. Sa force est décuplée. Mais tout cela a un prix, comme en témoigne le corps de ce spécimen. Les tendons du bras ont subi des lésions irréparables, le globe oculaire est perdu, plusieurs organes internes ont été mis à rude épreuve… Notre hypothèse est que si les humains doivent remplacer les machines, il est impératif de pouvoir assurer leur entretien de la même façon.

– Vous voulez des pièces détachées interchangeables… humaines, articula Mathis, sous le choc. Comme Henry Ford…

– Vous n'êtes finalement pas aussi inculte que je le pensais, répondit la voix synthétique du Dr Mauger. Vous allez avoir une illustration de ce principe dans un instant. Mlle Sistare, vous pouvez procéder.

– Coline, va me chercher la scie oscillante, ordonna cette dernière. On va commencer par prélever le bras.

– Attendez ! cria Agathe.

Luttant pour ne pas céder à la panique, elle cherchait désespérément à gagner du temps. Il était manifestement impossible de venir à bout de l'homme aux forces surhumaines. La seule issue était de faire parler le docteur le plus longtemps possible, le temps de trouver une solution.

– Où est-ce que vous trouvez vos cobayes ?

– Nous nous efforçons de privilégier des sujets marginaux pour circonscrire les externalités négatives sur la société. Cependant, nous atteignons là aussi les limites des ressources disponibles. Malheureusement pour nos travaux, le nombre de sans-abri n'est pas illimité. Nous avons commencé à élargir notre périmètre d'action, et nous nous autorisons, lorsque les conditions le permettent, à travailler sur de jeunes adultes en bonne santé physique, même lorsqu'ils sont intégrés socialement.

– Comme Baptiste ? Il était tatoué, lui aussi ! Qu'est-ce qu'il faisait au lycée ? Pourquoi il n'était pas ici, dans le laboratoire ?

– La plupart de nos sujets ne vivent pas ici en permanence : ils mènent une vie parfaitement normale. Nous installons la puce dans le tronc cérébral, puis nous les relâchons. Ils vivent parmi vous : vous en croisez certainement quotidiennement sans le savoir. L'implant est dormant. Il ne s'active que lorsque nous avons besoin d'eux, et ils viennent alors ici d'eux-mêmes pour remplir leur mission.

– Mais… Baptiste s'est… il s'est mutilé devant moi ! Pourquoi est-ce que vous lui avez fait faire ça ? cria-t-elle, les larmes aux yeux.

Elle voulut s'avancer, mais se ravisa en voyant l'homme à la chemise d'hôpital esquisser un mouvement dans sa direction.

– C'est un simple mécanisme de protection, répondit le synthétiseur vocal. Imaginez une sorte de fusible. Si l'un des sujets est sur le point de révéler une information sensible, la puce s'active et empêche les données sensibles d'être divulguées. Par tous les moyens possibles.

Au fond de la pièce, près du lit où Alex était ligoté, Coline avait apporté à Emma un imposant outil dont l'extrémité se terminait par une scie circulaire.

– Ce dispositif était d'ailleurs l'une des idées de Mlle Sistare, poursuivit le Dr Mauger. Je dois dire que son travail a eu un impact remarquable sur les activités du laboratoire. En quelques mois, elle a amélioré plusieurs de nos protocoles de façon significative. J'ai parfois l'impression de me reconnaître en elle…

– Elle aussi, vous lui avez lavé le cerveau ?

– Franchir la porte de mon laboratoire est la plus grande chance qu'elle ait eue de sa vie. Votre amie a des capacités intellectuelles hors du commun. L'implant lui permet de réaliser son plein potentiel.

– Et pourquoi elle ne respire pas bizarrement ? Comme lui ? demanda Agathe en désignant Mano.

– Elle est équipée d'un modèle de puce légèrement différent. Celle de ce spécimen permet de donner de simples ordres physiques. Elle prend le contrôle directement sur les tissus musculaires, ce qui a un impact sur le système respiratoire. La puce dont votre amie est équipée n'est rien d'autre qu'une façon de l'aider à se concentrer sur son travail en la libérant de certains freins. Mlle Sistare fait partie de la race dominante. De ceux qui commanderont la marche du monde. Grâce à notre travail, demain, les décideurs seront les intellectuels. C'est le seul salut de l'humanité.

– Emma ! Eh, Emma, réveille-toi ! cria Mathis désespérément.

– Ce n'est pas la peine de vous fatiguer. La puce s'active automatiquement lorsqu'elle pénètre au niveau - 6. Et dès qu'elle sort du laboratoire, tout souvenir de ce qui s'y est passé devient inaccessible.

Emma activa la scie oscillante, qui se mit en marche en produisant un long bruit aigu qui augmenta rapidement en intensité. Les minuscules dents de l'appareil devinrent invisibles sous l'effet de la vitesse.

– Je suis désolé, répétait Alex. Je suis désolé que vous soyez venus pour moi.

Mathis eut une prise de conscience soudaine. Ils pensaient pouvoir compter sur l'effet de surprise en ayant décrypté l'appel au secours de leur ami. En réalité, ils avaient foncé droit dans le piège qui leur avait été tendu. Ils n'avaient aucune chance de s'en sortir.

– Coline, va préparer les deux autres, commanda Emma. Lorsque j'aurai terminé de prélever les organes sur ce sujet, je leur installerai des puces.

La jeune femme s'avança vers eux d'un pas déterminé. Agathe sentait une angoisse irrépressible gonfler dans sa poitrine. S'efforçant de ne pas capituler face à la terreur, elle porta la main à la pierre d'ambre qui ornait son collier. Le contact de la surface lisse et froide lui apporta un maigre réconfort.

Elle étudia l'environnement immédiat pour tenter de trouver une solution. La pièce comportait trois issues : la porte métallique qu'ils avaient empruntée pour entrer ; une porte similaire, au fond de la pièce, derrière la table où Alex était allongé ; et, sur le mur de gauche, un portail d'acier noir de dimensions imposantes. Celui-ci portait une inscription : “Protocole K-13 – expérience en cours” sous laquelle était fixé un panneau triangulaire jaune "Danger – risque biologique" accompagné d'un symbole inquiétant. Agathe avait déjà vu ce signe dans des films où il était question de quarantaine.

À l'exception des tables d'opération disposées dans la salle, le seul mobilier était constitué d'une grande armoire métallique où Coline avait pris la scie oscillante et, stockés contre le mur du fond, de grands bidons de plastique siglés de symboles chimiques indéchiffrables. Peut-être était-il possible d'attraper un scalpel ou une pince pour se défendre ? Mais comment atteindre le chariot où les instruments médicaux étaient disposés ? Comment tromper la vigilance de l'homme aux balafres ?

Un son épouvantable doublé d'un cri perçant interrompit son observation. La scie oscillante venait de plonger dans la peau d'Alex juste au-dessus de l'articulation du coude. Médusée, Agathe se figea, incapable de détourner les yeux de la scène. L'adolescent se débattait frénétiquement sur la table d'opération, mais son corps était prisonnier des sangles de cuir. Ses yeux étaient révulsés et des hurlements épouvantables s'échappaient de sa bouche grande ouverte. Par contraste, Emma était parfaitement impassible malgré les giclées de sang qui venaient moucheter son visage et sa blouse. Concentrée, elle tenait fermement la scie à deux mains. La fréquence du son de l'instrument changea alors que la lame s'enfonçait plus profondément dans les chairs, tandis que le corps d'Alex était pris de violentes convulsions. La plainte suraiguë se modula, laissant place à un ronflement plus grave. Les dents de l'outil attaquaient maintenant l'os dans un bruit de raclement insoutenable. L'outil sautait parfois de quelques centimètres vers le haut, mais Emma le replaçait aussitôt sur l'articulation avec dextérité.

Pendant qu'Agathe observait, impuissante, le calvaire d'Alex, Coline s'était approchée. Elle la saisit par le bras et la tira vers elle sans ménagement. Agathe perdit l'équilibre, et se vit traînée sur le sol vers l'une des tables d'opération libres. Elle lança un regard désespéré à Mathis qui la voyait partir, incapable de bouger :

– Mathis, fais quelque chose ! N'importe quoi !

Au bout de la pièce, le son de la scie baissa en intensité, puis s'arrêta complètement. On n'entendait plus que les hurlements de bête d'Alex. Alors que Coline continuait à la traîner derrière elle, Agathe aperçut du coin de l'œil Emma en train de débrancher l'instrument ensanglanté. L'avant-bras de l'adolescent, sectionné, reposait à côté de lui au milieu d'une mare de sang. Les doigts étaient fermés en un poing serré. Le moignon, d'où on voyait l'os dépasser, s'agitait dans l'air avec des mouvements spasmodiques.

– Bien. Nous allons maintenant procéder au prélèvement du globe oculaire, annonça Emma en se saisissant d'un scalpel.

La lame scintilla sous la lumière éclatante du spot qui surplombait la scène.

– Le code de désamorçage ! cria Agathe tandis que Coline la hissait sur la table d'opération. J'ai lu les notes d'Emma ! Elle a programmé un mot de passe qui neutralise les puces ! Il faut trouver ce code ! Quel mot est-ce qu'elle aurait pu choisir ?

– Je… je sais pas…

– Réfléchis, Mathis !

Il était livide, le visage trempé de larmes. On aurait dit un petit garçon perdu. Au bout de la pièce, Emma examina la lame du scalpel puis l'approcha du visage d'Alex. Il jeta la tête sur le côté mais elle l'attrapa par les cheveux et le remit en place fermement. Le tranchant était maintenant à quelques centimètres de l'œil.

– Concentre-toi, Mathis !

Elle poussait la voix aussi fort qu'elle le pouvait, mais elle était à peine audible par-dessus les hurlements de douleur d'Alex. Elle tenta de se débattre, en vain : Coline la maintenait en place sur la table de métal froid et commençait à nouer les sangles de cuir pour l'immobiliser. Du coin de l'œil, Agathe vit soudain le visage de Mathis s'illuminer.

– Zeu… Zeugma ! articula-t-il. ZEUGMA ! cria-t-il à pleins poumons.

Agathe sentit la pression se relâcher subitement.

– Qu'est-ce que… où… où est-ce que je suis ? demanda Coline d'une voix blanche, en regardant autour d'elle d'un air perdu.

À côté de Mathis, l'homme aux balafres était tombé soudainement au sol où il se tenait en position fœtale. Sa respiration était redevenue normale, mais il gémissait de douleur en se contorsionnant. Au même moment, un tintement métallique se fit entendre.

Emma venait de lâcher son scalpel.

Toutes Les Nouvelles
édition du 3 février 2002 (Archives)
Rubrique Sciences

Biotechnologie : retrait surprise du prix Nobel

Coup de tonnerre dans le petit monde de la recherche : le Dr Mauger, directrice d'un prestigieux laboratoire spécialisé en biotechnologie, s'est vu retirer le prix Nobel de médecine qui lui avait été attribué l'an dernier. La scientifique avait obtenu la distinction suprême à trente ans à peine pour son travail portant sur l'intersection entre les domaines des neurosciences et de l'intelligence artificielle. Née en Autriche, Paula Mauger avait obtenu un double doctorat au Massachusetts Institute of Technology avant d'entamer une carrière de recherche internationale. Unanimement saluée par la communauté scientifique, la chercheuse avait été surnommée la “Marie Curie du XXIe siècle” par le magazine *Times*.

La décision de retirer le prix Nobel est inédite dans l'histoire de cette récompense, décernée pour la première fois en 1901. Ce choix fait suite à une enquête menée par le comité Nobel sur les conditions de travail du laboratoire du Dr Mauger, dont les conclusions n'ont pas été révélées au public. Peu de temps auparavant, un lanceur d'alerte anonyme avait dénoncé *"de graves problèmes éthiques et déontologiques"* dans les méthodes qui y étaient employées. *"Le prix Nobel a vocation à récompenser les personnes ayant apporté un grand bénéfice à l'humanité. Malgré les qualités scientifiques indéniables du travail du Dr Mauger, il nous est malheureusement impossible, en notre âme et conscience, de fermer les yeux sur les conditions dans lesquelles ce savoir est produit"*, a déclaré Liv Bjørnsen, présidente du comité Nobel, se refusant à tout autre commentaire.

10

C'était comme se réveiller d'un mauvais rêve. Ou peut-être était-elle encore en train de dormir ? Rien n'avait de sens autour d'elle. Ses yeux et ses oreilles lui transmettaient des signaux, des sons et des images, mais son cerveau semblait incapable de les interpréter. Submergée par la réalité, Emma était paralysée par une surcharge d'informations. Elle ferma les yeux et tenta de se concentrer sur le son. Des hurlements. Des voix. Des mots. Des mots qui signifiaient quoi ? Tout se mélangeait. Au prix d'un effort intense, elle parvint à concentrer son attention sur l'un d'entre eux. Juste à côté d'elle. Deux syllabes. "Pu… tain." Ce même mot était répété, encore et encore. Comme un écho. "Putain. Putain. Putain." Et la voix ? Elle connaissait cette voix. Mathis. Son ami Mathis. Une pensée traversa son esprit : *Combien de fois est-ce que je lui ai dit d'éviter les jurons misogynes ?*

Emma tenta d'ouvrir les yeux et regarda droit devant elle. Il y avait des carreaux blancs sur le mur. Un, deux, trois, quatre. Un, deux, trois, quatre. Un, deux, trois, quatre. Un, deux, trois… elle perdit le fil. Il fallait se concentrer sur autre chose. Juste à côté d'elle, ses yeux se posèrent sur un visage. Un visage crispé de douleur. Exténué. Elle connaissait ce visage. Alex. Son ami Alex. Il était d'une pâleur cadavérique. Il était blessé, et avait perdu du sang. Beaucoup de sang. Mathis était à ses côtés. Petit à petit, les images commençaient à s'organiser dans la tête d'Emma, comme les pièces d'un puzzle. À produire du sens.

Une jeune femme surgit à côté d'elle. Son visage était familier. Agathe.

– Emma ? Emma, tu m'entends ?

– Oui… je crois… Où est-ce qu'on est exactement ? Je ne comprends pas…

– On t'expliquera plus tard. Il faut qu'on sorte Alex d'ici ! Il a besoin de soins !

Qu'était-il arrivé à Alex ? Emma faillit poser la question à haute voix, mais se retint. Elle baissa le regard. Ses mains, gantées de latex, étaient couvertes de sang. À ses pieds, une mare d'hémoglobine. Elle fit un effort conscient pour ne pas perdre connaissance. Un pressentiment terrible, odieux, s'immisça dans ses pensées. Elle lutta pour ne pas y céder. Elle l'enfouit quelque part au fond de son cerveau. C'était quelque chose pour plus tard. D'abord il fallait survivre.

Une autre voix se fit entendre. Un timbre mécanique, qui provenait de la direction d'une femme en chaise roulante :

– Ne croyez pas que j'en aie fini avec vous.

Emma aperçut deux autres personnes dans la pièce : une jeune femme en tenue d'infirmière, l'air perdu, et un homme qui se tenait au sol en position fœtale. Elle connaissait cet homme. C'était l'inconnu de la Marbrerie. Elle se sentait toujours en proie à une grande confusion, mais elle commençait à saisir la réalité qui l'entourait.

– Mathis, il faut que tu fasses un garrot à Alex, parvint-elle à articuler en désignant une lanière de cuir qui traînait sur la table d'opération. Il perd trop de sang.

La voix de synthèse se fit entendre à nouveau.

– Coline, j'ai besoin de votre aide. Ces trois personnes nous ont droguées, elles nous veulent du mal. Venez ici, s'il vous plaît. Il faut que vous activiez cette commande pour alerter les secours.

Le fauteuil roulant s'était déplacé à côté du portail noir où était inscrit, en lettres blanches, "Protocole K-13". Un gros bouton rouge, du même modèle que ceux utilisés pour stopper les engins industriels, était installé juste à droite. La jeune infirmière s'approcha d'un pas hésitant.

– Coline, non ! cria Agathe.

– Ils ont attaqué ce jeune homme, reprit la voix. Ils l'ont mutilé. Regardez, leurs mains sont pleines de sang. Vous devez appuyer sur ce bouton, sinon ils s'en prendront à nous, ordonna-t-elle. C'est notre seule chance de salut.

– Elle ment ! Elle essaye de te manipuler ! Ne l'écoute pas !

Le regard de Coline se tourna successivement vers le groupe et vers la femme handicapée.

– Ils vous trahiront si vous leur faites confiance, insista la voix.

À côté d'Emma, Mathis s'appliquait à réaliser un nœud solide autour du bras amputé d'Alex. Coline lança un regard inquiet vers la scène, puis se rapprocha du portail noir.

– Je… je ne sais pas quoi faire.

– Faites-le ! ordonna la voix, dont le volume sonore avait considérablement augmenté et dont les vibrations faisaient trembler les instruments chirurgicaux sur le petit chariot métallique. Ne réfléchissez pas et faites-le !

Coline avança la main en tremblant et, du bout de l'index, exerça une pression sur le bouton rouge. Le portail noir s'ébranla et commença à coulisser lentement le long d'un rail tandis qu'une sonnerie assourdissante retentissait et qu'un gyrophare fixé au plafond jetait des éclats pourpres dans la pièce. Une odeur fauve, nauséabonde, se répandit dans l'air.

– Merde ! Faut qu'on bouge ! cria Mathis.

Il venait de terminer le garrot et l'hémorragie semblait contrôlée.

– Si on le prend à deux on doit pouvoir le porter, proposa Agathe.

Le portail noir s'arrêta avec un grincement suivi d'un cliquetis. Le regard d'Emma fut attiré par un mouvement derrière, dans l'ouverture.

C'est là qu'elle apparut.

La Chose.

C'étaient des bras, des jambes, une large masse informe grosse comme une voiture, non, comme un autobus, un amas humain, inhumain plutôt, ces morceaux ficelés ensemble, cousus, qui grouillaient, se mouvaient de façon anarchique, et pourtant dans une forme de cohérence désordonnée, chaque articulation à son rythme, chaque membre dans sa direction, mais ensemble ça avançait, marchant, rampant, se traînant de l'avant, et il y avait des troncs, des troncs d'hommes, des poitrines nues auxquelles se connectaient des cuisses et des épaules, une infâme construction, un réseau hideux, contre-nature, ces articulations qui se pliaient et se dépliaient, arythmiques, avec des avant-bras qui battaient frénétiquement dans l'espace, fouettant l'air, avec des biceps contractés sous la peau, prêts à faire craquer les points de suture, tandis que certains pendaient, inertes ou presque, et ça se terminait par des mains, des pieds et des mains, des mains encore, rugueuses, calleuses ou lisses, aux ongles cassés, aux doigts tordus, agrippant, cherchant, claquant le sol, serrant pour arracher, prendre, ramener, attirer vers soi, vers la Chose, vers cette matrice abominable de chair et de sang, le chaos incarné, et d'autres mains encore, immobiles, à peine une phalange animée de spasmes, et cela respirait, soufflait, le souffle asynchrone de dix, de vingt, de cent paires de poumons, rauque, puissant, animal et anxieux, terrifié de sa propre masse, de sa propre existence, de ce patchwork macabre et grotesque de peaux tendues sur les muscles, pâles, mates, noires, translucides presque parfois, flasques pour certaines, et sur lesquelles poussaient des touffes de poils au milieu desquelles couraient de grosses veines bleutées, des peaux le long desquelles la sueur ruisselait en abondants sillons, et ça occupait l'espace, tout l'espace, cette Chose qui marchait, qui rampait, qui se traînait dans le tumulte des râles, longs, plaintifs, ininterrompus, dans l'épouvantable vacarme de ces hurlements furieux s'échappant des bouches, des trois bouches béantes qui trouaient les trois abominables têtes qui surmontaient la Chose, comme trois étendards immondes, ces trois têtes échevelées aux trois visages de mort, aux traits inhumains, aux yeux révulsés, qu'avaient-ils vu, ces yeux, qu'allaient-ils voir encore du haut de cette montagne de chair, de muscles et de tendons dont les os craquaient sous son propre poids, sous sa simple existence et dans son propre fracas, et qui marchait, qui se traînait, qui rampait, inexorablement.

– J'ai… je crois que j'ai fait une erreur, prononça Coline en jetant un regard désespéré en direction du petit groupe. Je suis…

La jeune femme n'eut pas le temps de terminer sa phrase. En un instant, la Chose était sur elle. Elle fut saisie, soulevée du sol par une cohorte de bras. Elle poussa un cri bref, puis disparut entièrement, comme happée par la masse de chair.

Mathis fit un effort pour détourner le regard et s'adresser à Alex en donnant de la voix, tentant de se faire entendre par-dessus le son de la sirène :

– Alex ! Est-ce que tu es en état de marcher ?

L'adolescent tenta de répondre, mais seuls sortirent des gémissements incohérents. Il semblait au bord de l'évanouissement.

– On va le transporter là-dessus, proposa Agathe en déverrouillant les sécurités qui bloquaient les roulettes de la table d'opération.

Une dizaine de mètres les séparait de la porte de la pièce précédente, qui donnait accès à l'ascenseur.

– Personne ne sortira d'ici, fit la voix du Dr Mauger. Personne. J'ai dédié ma vie à la science. Mon travail est d'une importance immense. Ce qui se joue entre ces murs n'est rien de moins que la survie de l'espèce humaine. Le spécimen que vous voyez n'est certes pas parfait, mais il est le fruit d'un travail considérable sur la résilience en milieu hostile. Le corps humain a besoin d'évoluer pour s'adapter aux conditions du monde qui vient. L'hypothèse de la reine rouge est formelle : l'évolution permanente d'une espèce est absolument nécessaire pour maintenir ses aptitudes. Or, nous n'évoluons pas assez vite. Le cœur de mon travail, c'est simplement de donner un petit coup de pouce à Darwin… Je ne suis qu'à quelques mois de recherches de parvenir à créer un être supérieur…

La voix robotique s'arrêta net, en plein milieu de la phrase. Pendant que le docteur parlait, la Chose s'était approchée d'elle dans un mouvement de reptation saccadé, renversant du mobilier médical sur son passage, et s'était saisie d'elle. Les quatre adolescents virent avec horreur le corps chétif soulevé de la chaise roulante, puis, en une fraction de seconde, écartelé entre les bras puissants de la créature. Ses membres désarticulés disparurent dans les entrailles de la Chose et sa tête, les yeux encore ouverts, chuta sur le sol du laboratoire où elle rebondit avant de rouler sur quelques mètres, achevant sa course au pied d'un mur. Le haut-parleur du fauteuil continuait à répéter à plein volume : "venir à créer un être supérieur... venir à créer un être supérieur... venir à créer un être supérieur... venir à créer un être supérieur..."

– Merde ! Ce truc bloque la sortie ! cria Mathis avec désespoir.

En effet, la Chose s'interposait désormais entre le groupe et le chemin de l'ascenseur, qui se situait à l'autre bout de la salle. Il ne parvenait pas à en détourner les yeux. *Ce n'est pas un coup de pouce, c'est Darwin sous acide*, pensa-t-il. Agathe se tourna vers l'autre issue, derrière eux.

– Là, par ici ! cria-t-elle en poussant la table d'opération dans cette direction. Emma, utilise ton badge pour ouvrir la porte !

– Mais on ne sait pas où ça mène ! s'inquiéta Mathis.

– On n'a pas le choix ! Venez !

Emma courut pour appliquer son badge sur la cellule et la porte s'ouvrit avec le signal sonore familier. Elle se retourna juste à temps pour assister à une nouvelle scène d'horreur. La Chose s'était approchée de Mano, qui gisait toujours au sol, perclus de douleur depuis que sa puce avait cessé de fonctionner. Elle l'empoigna avec une violence bestiale, le souleva en l'air à deux mètres du sol et, plongeant les doigts sous ses côtes, ouvrit sans effort son ventre d'où les viscères s'échappèrent avec un bruit humide. La Chose laissa retomber la dépouille démembrée comme un pantin disloqué. Puis elle se mit en mouvement vers le groupe.

– Il faut qu'on l'empêche de nous suivre ! hurla Agathe.

– Mais comment ?!

Emma eut une fulgurance.

– Le feu ! cria-t-elle. Tout ce qui respire craint le feu ! Là, les bidons ! Il y a de l'éthanol et du peroxyde d'hydrogène !

Elle désigna la rangée de jerrycans en plastique qui bordaient le fond de la pièce. Mathis tenta de décrypter les symboles chimiques, mais n'en reconnut aucun.

– Hein ?

– Celui de gauche et celui du milieu ! Dépêche-toi !

Mathis dévissa les bouchons des conteneurs et s'arcbouta, bandant ses muscles pour les renverser. Ils étaient presque aussi grands que lui, et manquèrent de l'entraîner dans leur chute lorsqu'il atteignit le point de bascule. Les liquides se déversèrent dans la pièce à gros bouillons. Une odeur chimique irrespirable se répandit instantanément dans l'air.

– Donne-moi ton briquet ! cria Emma en maintenant ouverte la porte tandis qu'Agathe s'y engouffrait, poussant devant elle la table sur laquelle Alex reposait.

Mathis lui lança son Zippo et disparut derrière Agathe. Il se retourna vers son amie :

– Emma, qu'est-ce que tu fous ? Magne-toi putain !

Le couvercle métallique du briquet tinta en s'ouvrant. Il y eut une étincelle, puis la flamme apparut, vacillante. Zippo à la main, la jeune fille se raidit, dans l'encadrure de la porte. Fixant la Chose. Lui faisant face. Sa démarche arythmique, chaotique, chaque muscle agissant sans coordination apparente, avait quelque chose d'hypnotisant. À mesure qu'elle s'approchait, Emma prenait conscience de sa taille réelle, monstrueuse. Anormale. Inimaginable. De la masse qu'elle représentait. Cela devait peser plusieurs tonnes. Elle compta dans sa tête en laissant la Chose venir, en l'observant franchir les quelques mètres qui les séparaient. Un. Deux. Trois. Quatre. Un. Deux. Trois. Quatre.

Maintenant !

Emma lança le briquet droit devant elle. Elle suivit des yeux la trajectoire de la flamme et, au moment où elle retombait, claqua la porte aussi fort qu'elle put. Un bruit de souffle se fit entendre, comme une violente rafale de vent, accompagné d'une intense secousse qui fit trembler la porte de métal. Aussitôt après, une plainte inhumaine vibra dans l'air. La Chose hurlait sa douleur.

Emma se retourna vers ses amis :

– Vous avez trouvé une issue ?

– Non, c'est un cul-de-sac, répondit Agathe, paniquée. Et Alex ne répond plus. Je crois qu'il a perdu connaissance. Je ne sens plus son pouls !

La pièce dans laquelle le groupe avait pénétré était plus exiguë et plus sombre que la précédente. De grandes armoires qui s'élevaient jusqu'au plafond abritaient des appareils électroniques où clignotaient des diodes jaunes et vertes.

– Une salle de serveurs… Vous êtes sûrs qu'il n'y a aucune issue ? Vous avez regardé partout ? demanda Emma.

– Certains. La seule porte est celle par laquelle on est entrés. On est prisonniers.

– Et en passant par le système de ventilation ? proposa Mathis.

– Ça ne marche que dans les films, ça. Dans la vraie vie, les gaines sont trop petites… et il faut qu'on sorte Alex d'ici !

La température montait rapidement et une fumée âcre commençait à s'infiltrer sous la porte. Mathis fut pris d'une quinte de toux. Alex gisait, inanimé, sur la table ensanglantée. Les trois adolescents, paniqués, sondaient les murs de la pièce pour trouver une solution. Agathe poussa un cri.

– Merde ! Le… le bras d'Alex !

Elle fouillait les abords de la table d'opération frénétiquement.

– Je… je crois que son bras est tombé quand on l'a déplacé, gémit-elle.

Soudain, un son assourdissant, comme un coup de tonnerre, résonna dans la pièce. Ils se retournèrent instinctivement vers la porte d'où le bruit provenait. Agathe se figea et demanda, fébrile :

– C'était quoi, ça ?

– Le monstre… Ça l'a pas buté, le feu ?

Un hurlement déchirant leur perça les tympans, et un nouveau coup résonna à travers la porte de métal dont le chambranle tressauta.

– Merde ! Il va la défoncer ! Aidez-moi, faut qu'on se barricade ! cria Mathis en bondissant vers une tour de serveurs.

Agathe et Emma se positionnèrent à ses côtés, plantant leurs pieds dans le sol et poussant sur le rack. Les trois adolescents grognaient, convoquant toutes les forces qu'il leur restait. Les panaches noirs s'épaississaient autour d'eux, saturant l'air et leur piquant les yeux. Des larmes coulaient sur leurs visages.

– La fumée… monte… l'air pur est… en bas, haleta Emma.

Au moment où, dans un dernier effort, ils étaient sur le point de parvenir à faire basculer la tour, ils virent avec horreur la porte s'arracher de son cadre sous un nouveau coup et s'écraser lourdement au sol dans un fracas épouvantable. Un souffle brûlant les fouetta au visage. Par l'ouverture, à travers l'épaisse fumée noire, ils furent frappés par une vision d'apocalypse.

Le feu s'était propagé dans toute la pièce, et la salle d'opération était ravagée par les flammes, du sol au plafond. Au premier plan, la Chose était là, emplissant l'espace. Sa peau, brûlée à vif, présentait de larges plaques rouges et, par endroits, des cloques purulentes. Une odeur épouvantable les prit à la gorge. Se déplaçant avec la frénésie d'un animal blessé, la Chose tentait de quitter la pièce calcinée, de se mettre à l'abri dans la salle des serveurs. Une armée de jambes et de bras s'était engouffrée par l'ouverture et tirait, poussait, empoignait pour franchir le seuil. Des morceaux de plâtre s'effritaient sur les côtés. Une odeur révoltante de sang, de sueur et de chair brûlée prit les adolescents à la gorge. Dans un réflexe incontrôlé, Mathis fit un bond en arrière, perdant l'équilibre et tombant à la renverse. Il sentit une surface rigide dans son dos, tenta de s'y rattraper par réflexe et réalisa son erreur une seconde trop tard.

– Merde ! Non ! cria-t-il en s'effondrant au sol.

Il sentit le corps inerte d'Alex chuter sur lui, glissant de la table d'opération qu'il venait de renverser.

Emma et Agathe se précipitèrent sur eux et dégagèrent le corps d'Alex, le traînant sur le sol pour l'éloigner de la porte où l'abomination continuait de s'agiter. Ils se réfugièrent contre le mur opposé, s'accroupissant pour se protéger des vapeurs toxiques qui s'accumulaient au plafond. Le bras amputé d'Alex avait laissé une longue trace sur le carrelage blanc.

– Il gagne du terrain ! Qu'est-ce qu'on fait ? cria Agathe.

En effet, à force de secousses successives, la masse de chair franchissait inexorablement la porte, défonçant les cloisons de part et d'autre. L'opération se faisait dans la douleur. La Chose, pour progresser, déployait une force considérable qui déchirait par endroits les chairs et faisait sauter les sutures, ouvrant des plaies béantes.

– On est foutus ! hurla Mathis.

Dans une ultime saccade, la Chose finit par entrer dans la pièce pour de bon, renversant deux racks de serveurs devant elle. Les trois têtes qui surmontaient la montagne de chair hurlèrent, de triomphe ou de douleur. Quelques mètres seulement séparaient le monstre de ses proies. Mathis s'interposa instinctivement devant le corps d'Alex. Il chercha à tâtons, et trouva la main d'Emma dans laquelle il glissa la sienne. La mort ne tarderait plus. Il était prêt.

À ce moment précis, un craquement sinistre se fit entendre derrière eux. Une large fissure zébra le mur de part en part et s'élargit brutalement, jusqu'à faire s'effondrer un pan de la cloison dans un déluge de gravats. Une rangée de dents métalliques apparut, déchirant le béton et ouvrant une large brèche. Un souffle d'air glacé s'engouffra dans la pièce.

– Ils sont là ! Ils sont là ! Je les vois !

En entendant la voix, Mathis crut qu'il avait sombré dans la folie.

C'était Thom.

Le mur d'enceinte s'écroula pour de bon, créant un trou béant par lequel s'immisça une lumière aveuglante. Une seconde voix se fit entendre :

– Mais qu'est-ce que c'est que ce bordel ? Venez, les petits gars !

Mathis reconnut le timbre tonnant d'Émile. À travers la brèche, les lycéens aperçurent le bras articulé d'une pelleteuse qui finissait d'abattre le mur, et juste derrière, dans la cabine de la machine, Thom, téléphone à la main, à côté de son oncle qui en actionnait les commandes. Découvrant la scène sous les puissants phares de la machine, les deux nouveaux arrivants semblaient horrifiés.

– Alex ! Alex ! hurla Thom.

Il voulut sortir de l'engin mais fut rattrapé *in extremis* par Émile.

– Amenez-le ici ! Magnez-vous ! cria ce dernier.

Les trois adolescents se relevèrent, accueillant à pleins poumons l'air salvateur de l'extérieur. Ils empoignèrent Alex et le traînèrent jusqu'à la cabine où Émile le hissa, déposant son corps en travers de ses genoux.

– Venez, dépêchez-vous ! enjoignit Émile.

Agathe, Emma et Mathis sautèrent sur les chenilles et grimpèrent sur la carlingue de la pelleteuse, s'accrochant aux poignées des portières. Mathis regarda autour de lui et reconnut le chantier qu'il avait aperçu en bordure du Technocentre. Ils étaient au fond du cratère. La pluie avait cessé de tomber mais le sol était boueux. En se retournant, il aperçut la Chose, dont les membres atteignaient l'issue par laquelle ils venaient de s'extraire. Déjà, des mains commençaient à se saisir de la pelle mécanique.

– Faut pas le laisser sortir ! cria-t-il. Empêchez-le !

– Qu'est-ce que c'est que ce putain de merdier, lâcha Émile d'une voix sourde.

Le visage concentré, il tira brusquement un levier vers lui et en poussa un second. Les chenilles se mirent en marche. L'espace d'une seconde, elles patinèrent dans la boue, retenues par la Chose. Le cœur de Mathis cessa un instant de battre. Puis l'appareil recula d'un coup, échappant à l'emprise du monstre. Simultanément, le bras articulé décrivit une rotation de droite à gauche, allant percuter le côté du mur. De gros morceaux de béton chutèrent au sol. Le regard braqué devant lui, Émile opéra la commande inverse, lançant la pelle d'acier contre le mur opposé. Un grondement sourd résonna. Il eut juste le temps d'opérer une marche arrière. L'appareil fut propulsé dans une secousse soudaine tandis que, devant eux, une grande quantité de terre s'effondra, engloutissant la brèche et emprisonnant la Chose. Mathis, Agathe et Emma se cramponnèrent du mieux qu'ils purent, parvenant de peu à ne pas tomber au sol tandis que la pelleteuse poursuivit sa manœuvre, s'éloignant vivement et échappant de justesse au déluge de terre et de béton qui continuait à s'écrouler. Devant eux, dans les phares de la machine, ils virent un bras dépasser des gravats. De longs doigts fins, à la peau calcinée, s'agitèrent un instant dans l'air, puis furent recouverts par un nouveau glissement de terrain. Émile engagea la pelleteuse sur le chemin de terre qui menait à la surface du chantier.

– Qu'est-ce que vous avez foutu ? Pourquoi il est dans cet état ? tonna-t-il.

– On vous expliquera plus tard ! Il faut trouver des secours ! Mais comment vous nous avez retrouvés ? cria Mathis par-dessus le bruit du moteur, observant avec stupeur un pan entier du bâtiment s'effondrer sur lui-même.

– Thom a suivi votre position sur son téléphone. Quand on est arrivés ici, le robot de l'accueil voulait pas nous dire où vous étiez, mais il l'a embrouillé avec un truc de science-fiction et elle a fini par nous lâcher que vous étiez au sixième sous-sol. C'est un malin, mon neveu ! C'est moi qui ai eu l'idée de passer par le chantier.

Émile essayait de parler d'une voix rassurante, mais son regard trahissait l'inquiétude.

– Alex ! Alex ! Alex ! Tu m'entends ? hurlait Thom en secouant le corps de son frère dans la cabine.

– T'inquiète pas, petit père, on va l'emmener à l'hôpital, ton frangin, répondit son oncle.

Tandis que la pelleteuse gravissait la pente, ils virent poindre les premiers rayons du soleil. Le jour se levait sur la ville.

Toutes Les Nouvelles

édition du 20 octobre

Rubrique Faits divers

Incident au Technocentre

Le Technocentre, fleuron industriel de Saint-André-sur-Leuze, a été hier le théâtre d'un regrettable accident. Un incendie s'est déclaré dans la nuit et a provoqué d'importantes dégradations, endommageant l'un des nombreux laboratoires de recherche fondamentale que compte le site industriel. Si aucun blessé n'est à déplorer, les dégâts matériels sont conséquents et les équipes craignent d'avoir perdu plusieurs mois de travail.

La piste d'un attentat de militants écologistes, un moment étudiée par les enquêteurs, semble pour l'heure écartée. Le départ de feu aurait été déclenché par un court-circuit sur un engin de chantier stationné à proximité dans le cadre d'un agrandissement du site. Le maire de Saint-André, Gérald Savoy, a témoigné de son soutien dans une brève allocution prononcée sur le lieu du drame. *"Le travail des équipes de recherche du Technocentre est d'une importance capitale pour notre ville, et au-delà. Notre intérêt commun est de nous assurer que cet incident tragique n'ait pas de conséquence à long terme sur leur avancée. C'est pourquoi nous mettrons tout en œuvre à notre modeste niveau pour soutenir Titan Corp dans cette épreuve difficile.*" Un budget d'urgence a été débloqué par la municipalité, et les travaux de remise en état seront en partie assurés par la ville selon les termes d'un partenariat public-privé.

Épilogue

– Tiens, regarde, on t'a amené des *One Piece*. Et les gens du lycée t'ont écrit des mots, aussi.

– Cool, répondit Alex en déposant les trois mangas et la carte à côté de lui sur le lit. Vous avez pas plutôt un bout de shit ou du hentai ?

Une infirmière qui passait dans le couloir lança un regard noir au petit groupe.

– C'est pour de rire, madame, indiqua Mathis.

– J'espère.

Elle passa la tête par la porte et les dévisagea d'un air sévère.

– Vous savez, ce n'est pas bien ce que vous avez fait. Moi, si j'étais votre copain, je ne vous parlerais même plus. Il peut dire merci à son oncle en tout cas : s'il l'avait déposé à l'hôpital dix minutes plus tard, il y serait resté.

Elle posa sa main sur sa hanche.

– Et les visites, c'est uniquement la famille, je vous signale. Et c'est deux personnes en même temps maximum.

– Moi, je suis de la famille. Je suis son frère, expliqua Thom.

– Et on reste pas longtemps, promis ! ajouta Agathe avec un sourire enjôleur.

– Mouais, c'est tous les jours la même histoire, grommela l'infirmière en s'éloignant. Et que je ne vous reprenne pas à mettre votre musique de sauvages comme la dernière fois…

La lumière de fin d'après-midi faisait scintiller les appareils médicaux et donnait aux draps de la chambre d'hôpital une teinte mordorée. Dehors, les branches d'un tilleul ondulaient dans le vent.

– Ça va comment, aujourd'hui ? demanda Agathe.

– Ça va. Je le sens pas trop. Mon bras. Mais je crois qu'ils m'ont réduit la morphine, ils ont dit que j'abusais et que j'allais finir accro. Et vous, ça va ? Quand vous racontez…

Il jeta un coup d'œil en direction du couloir et baissa la voix :

– Quand vous racontez ce qui s'est passé, les gens… ils posent pas trop de questions ?

– Non, franchement ça va. Tout le monde y croit, j'ai l'impression.

La version officielle était qu'Alex avait perdu son bras sur les voies de chemin de fer, en jouant à la dégonfle avec

Mathis. Le jeu consistait à rester le plus longtemps possible sur les rails avant l'arrivée du train, et d'une certaine façon, Alex avait gagné. Depuis leur incursion au Technocentre la semaine précédente, le groupe avait fait circuler cette histoire que personne n'avait pour le moment remise en question. C'est l'oncle Émile qui avait eu cette idée pour éviter qu'Emma ne soit inquiétée par la justice.

– Ouais, donc en gros ça choque personne que je me sois coupé le bras comme un golmon. Euh, je veux dire, comme un débile, se reprit Alex.

– Visiblement les gens trouvent ça assez cohérent, ouais.

– Et ils t'ont dit quoi les docteurs, pour la prothèse ? demanda Thom.

– Ils disent que je peux choisir entre un modèle électrique ou un modèle normal. Faut que je voie avec le vieux, avec sa mutuelle.

Depuis les événements, Alex n'appelait plus son père "papa". Il disait : "mon père", "le vieux", ou l'appelait simplement par son prénom. D'une manière générale, il évitait de parler de lui autant que possible. Il avait d'ailleurs refusé de lui adresser la parole la seule fois où il lui avait rendu visite à l'hôpital.

– Je me disais, les prochains JO c'est en 2028, si tu fais la rééducation en speed, t'as moyen de faire un carton aux paralympiques, lança Mathis pour détourner la conversation. Genre, en basket, tu défonces tout à mon avis…

– Le basket handi c'est pour les gens qui sont en fauteuil, Ducon, rétorqua Alex. Je devrais demander une prothèse avec un embout spécial pour te mettre des claques derrière la tête.

Il marqua une pause, puis reprit la parole :

– En tout cas, c'est coupé bien net. Les toubibs disent que c'est bien, pour l'opération.

Une ombre passa sur son visage.

– Et Emma, elle est pas venue ? demanda-t-il d'une voix hésitante.

Mathis eut soudain l'air soucieux.

– Elle est encore en observation, dans une autre partie de l'hôpital. À cause de la saloperie qu'elle a dans le cerveau. Elle vient te voir dès qu'ils la libèrent, elle nous a dit.

– Et ça va, elle a pas de séquelles ?

– Non, rien depuis le soir où…

Mathis ne termina pas sa phrase.

– On se dit qu'avec la destruction du labo, la puce est peut-être HS, dit Thom. Mais on ne sait pas. Il y a un risque que si elle parle du Technocentre, elle s'active automatiquement.

– Le fameux mécanisme de protection dont avait parlé Mauger, renchérit Agathe, dont le visage se tendit. Le “fusible”, prononça-t-elle avec une moue de dégoût. Et si ça arrive, ça pourrait faire comme Baptiste. Et on ne peut pas prendre ce risque. Jamais.

– Et Baptiste au fait, vous avez des nouvelles ?

– Oui, il est toujours en convalescence. Ils disent qu’il y a peut-être une chance qu’il récupère un peu de vision dans l’œil droit. Mais c’est vraiment pas sûr. Et ça serait juste genre un peu les formes, les couleurs…

– OK. Cool.

Alex hésita un instant, puis demanda d’un ton moins assuré que d’habitude :

– Quand vous verrez Emma, vous pourrez lui dire… Quand on était à la boucherie… au sous-sol, les animaux… j’étais pas au courant. Genre, vraiment. C’est le vieux, il a des problèmes de blé, tout le monde le sait. C’est pour ça qu’il a fait ça. Pour économiser sur les fournisseurs. Mais moi, je savais pas. Je les ai libérés, les animaux. Vous lui direz, hein ?

L’infirmière pénétra dans la chambre et poussa un long soupir.

– Vous êtes encore là, vous ? Écoutez, vous ne pouvez pas rester toute la journée, il a besoin de repos. Si vous vouliez passer du temps avec lui, il ne fallait pas l’envoyer en soins intensifs avec vos jeux idiots. Et de toute façon, c’est l’heure que je lui change ses bandages. Allez, fichez-moi le camp !

Les adolescents s'éclipsèrent après avoir salué leur ami. Ils sortirent dans le couloir de l'hôpital et, quelques mètres plus loin, s'arrêtèrent net. Emma était assise sur un banc, un bouquet de mimosas posé sur les genoux. Elle portait un pull à col roulé noir. Elle se leva en silence et suivit le groupe.

– Tu arrives toujours pas à entrer dans sa chambre ? demanda Mathis, regrettant aussitôt sa question.

– Non. Peut-être demain, répondit-elle, le visage fermé.

– Tu sais, il t'en veut pas, pour ce qui s'est passé. Vraiment pas. Il sait que c'est pas vraiment toi qui as fait… ça. On le sait tous.

– Mhmm… marmonna-t-elle en déposant le bouquet devant une chambre au hasard.

Le groupe marcha en silence à travers les couloirs de l'hôpital. Mathis rompit le silence.

– Tu as eu les résultats des analyses, pour ta puce ? Ils disent quoi, les chirurgiens ?

– Il n'y a pas de solution. C'est minuscule, et c'est implanté trop profondément dans le tronc cérébral. Ils ne peuvent pas l'extraire sans faire une ablation d'une partie de mon cerveau… Il faut que je vive avec. Pour toujours.

– Et la police ? demanda Thom. Est-ce que vous savez s'ils enquêtent toujours sur Alphonse Guts ?

– Ça m'étonnerait, répondit Emma. Je serais prête à parier que la mairie est au courant, de près ou de loin, de ce qui se tramait au Technocentre. Je pense qu'ils ne voulaient surtout pas que l'affaire sorte au grand jour. La police était certainement prête à faire porter le chapeau à Alphonse si quelqu'un avait signalé les cadavres à la Marbrerie. En tout cas, à mon avis, ils n'ont aucun intérêt à ouvrir une enquête officielle : ils savent que cela nous forcerait à révéler publiquement que…

– Que rien du tout ! coupa Agathe. Tu ne parles pas de ça ! Tu ne penses pas à ça ! *Jamais !*

– Oui, tu as raison. Désolée.

– Je suis sérieuse, Emma ! Tu l'as promis !

– Je sais… C'est juste que… C'est compliqué de s'interdire pour toujours de penser à… à *ça*.

Les quatre adolescents avaient quitté l'hôpital et s'étaient regroupés en cercle sur le parking de l'hôpital. Autour d'eux, des médecins, des infirmières et des visiteurs entraient et sortaient de l'établissement sans leur prêter attention. Le soleil formait un petit rond pâle derrière un voile de nuages blancs. L'air était froid mais malgré les prévisions météo, la neige n'était pas tombée. Les adolescents se dévisagèrent dans un silence pesant. Mathis eut l'impression qu'ils avaient vieilli.

– Vous voulez faire quoi, maintenant ? demanda-t-il. Il est tôt, encore. On pourrait…

– Je vais rentrer chez moi, j'ai des devoirs, coupa Thom.

– Moi aussi, rebondit Agathe.

– Et toi, Emma ? Tu veux que je te raccompagne ?

– Non, merci, répondit l'adolescente en se détournant et en commençant à marcher.

Elle sentait leur regard sur sa nuque.

– C'est gentil mais j'ai besoin d'être un peu seule, je crois, ajouta-t-elle en faisant un effort pour que sa voix ne trahisse pas les larmes qui commençaient à rouler le long de ses joues.

– On se retrouve ici demain ? lança Mathis tandis qu'elle s'éloignait. Tu voudras voir Alex, tu penses ?

– Oui, demain. On verra demain.

Le lycéen s'assit sur le capot d'une voiture et suivit des yeux ses amis jusqu'à ce qu'ils disparaissent dans les rues de la ville, chacun dans sa direction. Il sortit son paquet de tabac et ses feuilles longues, observant distraitement les passants vaquer à leurs occupations. Quelqu'un essayait de garer son monospace pour la quatrième fois sans y parvenir. Une femme, la quarantaine, marchait aussi vite qu'elle pouvait en grimaçant avec ses chaussures à talons. Un homme en léger surpoids vêtu d'un costume trop petit pour lui parlait bruyamment dans son casque sans fil. Quelqu'un, sur un banc, mangeait un sandwich, les yeux rivés sur son téléphone. Devant lui, des pigeons se disputaient les reliefs qui tombaient de l'emballage en plastique de son repas.

Mathis repensa à ce qu'avait dit le Dr Mauger, dans le sous-sol du Technocentre. Le fait que tout être vivant devait en permanence s'adapter à son environnement pour survivre. Que l'espèce humaine n'évoluait pas assez vite.

Il rangea dans sa poche ses feuilles, son paquet de tabac et le joint qu'il venait de rouler. Il fallait qu'il se rachète un briquet.

DANS LA MÊME COLLECTION

Ouvrage réalisé
par Nord Compo à Villeneuve-d'Ascq
reproduit et achevé d'imprimer
en mai 2025
par Normandie Roto Impression s.a.s
à Lonrai
pour le compte
des éditions Actes Sud,
Le Méjan place Nina-Berberova,
13200 Arles.

Dépôt légal
1re édition : juin 2025
N° impr. : 2502226
(Imprimé en France)